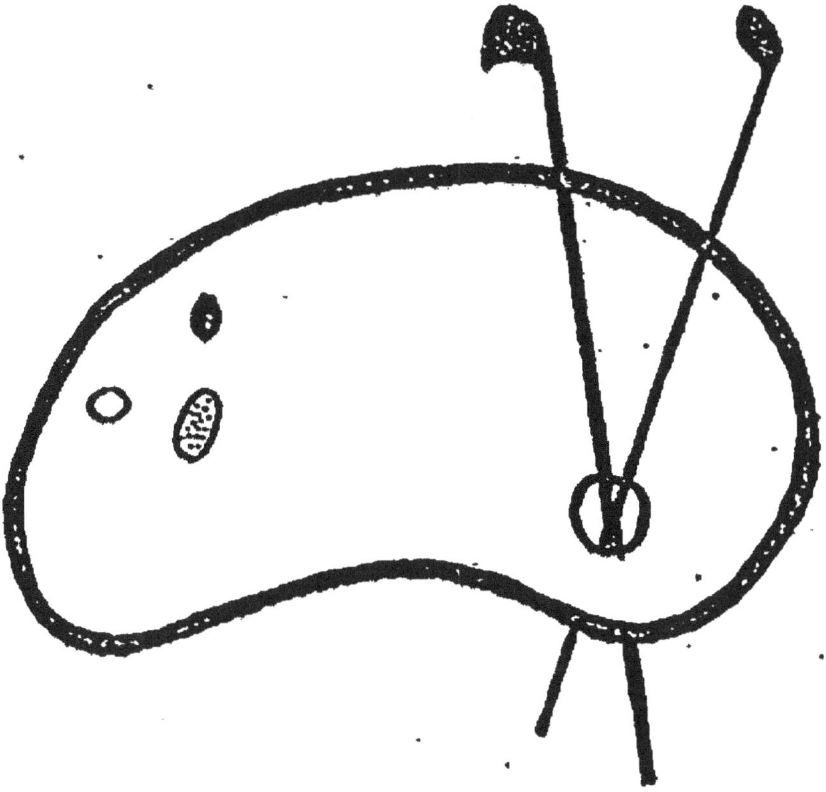

DEBUT D'UNE SERIE DE DOCUMENTS
EN COULEUR

BIBLIOTHÈQUE DE LA FRANCE ILLUSTRÉE

CONTES D'AUTEUIL

PAR

CHARLES DUBOIS

PARIS-AUTEUIL

LIBRAIRIE DE LA FRANCE ILLUSTRÉE

40, rue La Fontaine, 40

—

1878

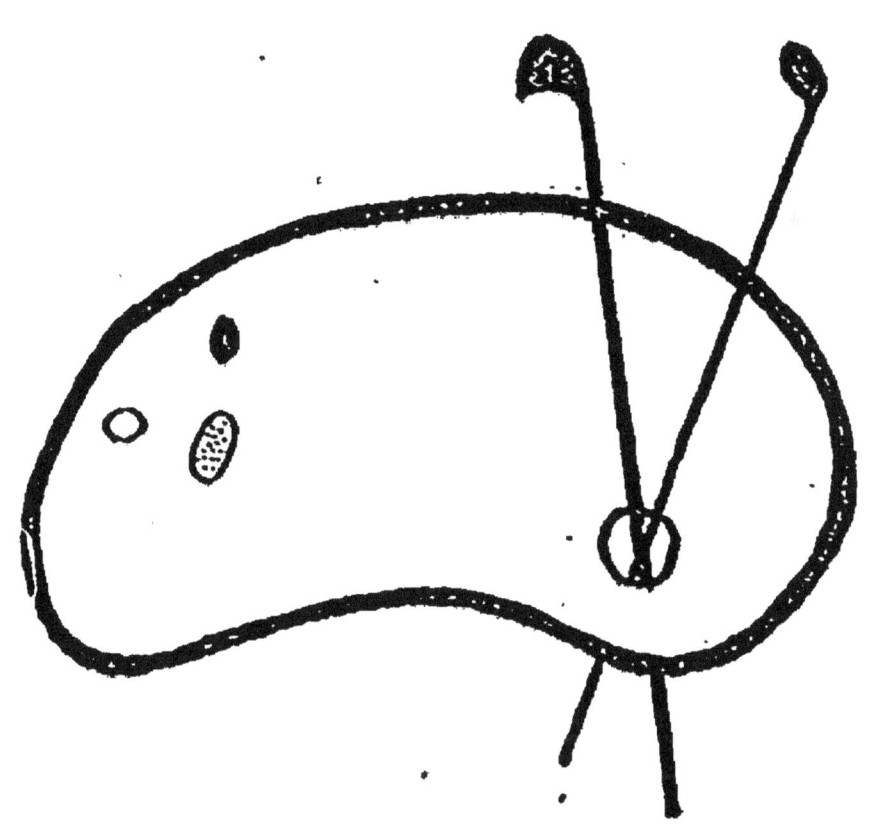

**FIN D'UNE SERIE DE DOCUMENTS
EN COULEUR**

CONTES D'AUTEUIL

OUVRAGES DU MÊME AUTEUR.

MADAME AGNÈS, un vol. in-12.

MAITRE OLIVIER, un vol. in-12.

PAUL ET JEANNE, ou LA VIERGE DE LA CREUSE, in-12.

PAUL ET CÉCILE, suite du précédent, in-12.

LES RÉCITS D'UN ALSACIEN, un vol. in-8º.

SOPHIE, un vol. in-12.

LES LIS ROUGES, un vol. in-12.

CONTES D'AUTEUIL

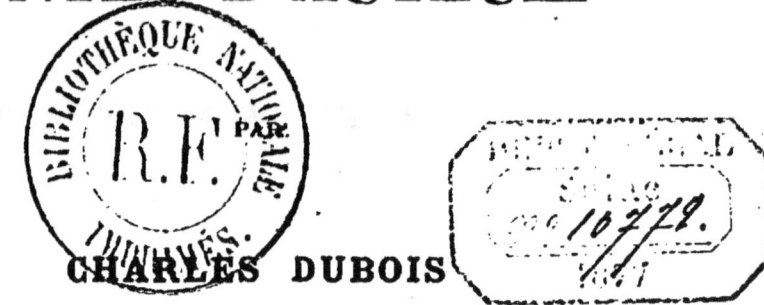

PAR

CHARLES DUBOIS

PARIS-AUTEUIL

IMPRIMERIE DES APPRENTIS CATHOLIQUES
Roussel, rue La Fontaine, 40
1878.

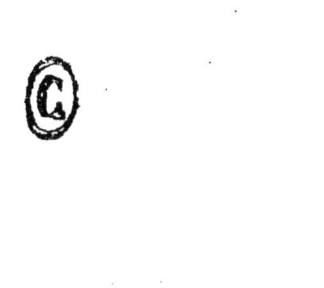

A MONSIEUR L'ABBÉ ROUSSEL

FONDATEUR DE L'ŒUVRE DE LA PREMIÈRE COMMUNION,

Directeur de *la France illustrée.*

MONSIEUR L'ABBÉ,

Vous avez fait aux nouvelles dont ce volume se compose l'honneur de les admettre dans *la France illustrée.*

Vous me permîtes ainsi d'apporter l'humble tribut de ma plume à l'Œuvre, d'une importance religieuse et sociale si grande, que vous avez fondée, que Pie IX chérit, que votre Eminent Archevêque encourage, à laquelle vous consacrez, Monsieur l'Abbé, votre temps, vos forces, votre cœur.

Au moment où ces nouvelles vont paraître sous la forme définitive du livre, je ne puis me résigner à les offrir à mes lecteurs futurs sans leur dire qu'à leur naissance, elles furent honorées de votre faveur.

Permettez donc, Monsieur l'Abbé, que je vous les dédie, à vous et à cette chère Maison où elles ont vu le jour; permettez que, par leur titre même, ces *Contes d'Auteuil* rappellent votre Œuvre à ceux qui les liront.

Oh ! oui, puissent mes lecteurs se prendre d'un vif amour pour l'Asile où, pareil à la sœur de charité qui recueille les blessés sur le champ de bataille, vous, Monsieur l'Abbé, debout aux portes de la grande ville, inquiet comme une mère, vous tendez les bras à ces enfants abandonnés qui, faute de connaître Dieu, deviendraient pour la société une menace peut-être. Mais, lorsque, réchauffés sur votre cœur d'apôtre, instruits, éclairés par vous, ces deshérités du monde rentrent dans l'arène, quand, hélas! il faut qu'ils vous quittent pour faire place à d'autres, ce sont des hommes, ce sont des chrétiens!

Ah ! que n'est-il en mon pouvoir de redire à la France entière ce que j'écris ici ! Que ne puis-je associer à votre belle Œuvre tous ceux qui s'y associeraient, s'ils la connaissaient ! Au moins souffrez que, cet humble apostolat, j'essaye de l'exercer auprès de ceux qui liront [nos *Contes d'Auteuil*.

Je suis avec un profond respect,

Monsieur l'Abbé,

Votre très-dévoué et très-attaché collaborateur,

CHARLES DUBOIS.

Nancy, le 8 septembre 1877, en la fête de la Nativité de la sainte Vierge.

L'arrivée au château.

SAUVÉS PAR L'ÉPREUVE

Si vous avez le progrès moderne en mince estime, si le passé, ce cher passé que l'on dédaigne, vous inspire des regrets, Saint-Paul est un village fait pour vous plaire.

Nulle ligne ferrée n'y passe ; à cinq lieues à la ronde, on n'entend pas le moindre bruit d'usine. Ce n'est pas tout. On voit là de vrais paysans, non pas de ces paysans à l'air bête et goguenard, comme on en trouve trop aujourd'hui, mais des paysans tels que nos pères les connurent : des hommes simples, des hommes de bon sens et de foi.

Le village est construit tout près d'une

1.

rivière, bordée de saules; par-delà cette rivière, à deux cents pas, on voit, sur une colline, au milieu d'un bois de chênes, un petit château, un véritable château, avec tourelles, larges fenêtres, belle terrasse, jardin à l'anglaise, jet d'eau.

L'histoire de ce château présente quelques particularités intéressantes. Il fut construit au milieu du xviie siècle; il appartenait à des nobles qui, en 1790, émigrèrent. Nul d'entre eux ne revint. Le château passa alors aux mains d'une riche famille de Bourgogne. Longtemps, il resta désert. On eût dit que ceux auxquels il appartenait avaient oublié qu'il fût leur. Enfin, en 1845, il lui vint un hôte.

Cet unique habitant du château était un homme de trente ans environ, le plus bel homme que l'on eût vu depuis longtemps dans le pays. Il vécut là dix ans, n'ayant pour toute société que son vieux domestique. C'était, disaient les gens de Saint-Paul, un savant. On le voyait chaque jour se promener un livre à la main dans son parterre, n'interrompant sa lecture que pour regarder l'admirable panorama des collines ardennoises qui de tous côtés entouraient sa demeure. Ceci déjà inspirait du respect aux gens du village. Mais ce qui leur en inspirait beaucoup plus, c'était l'air distingué et l'abord glacial de M. de B. Son valet de chambre n'était ni moins imposant ni moins taciturne que lui.

On crut d'abord que M. de B. était un homme orgueilleux et dur. Cette opinion ne dura pas. Non-seulement les pauvres qui se présentèrent chez lui ne furent pas congédiés; on leur donna; on fit plus. Le vieux domestique, obéissant sans doute aux ordres de son maître, laissa ceux d'entre eux qui visiblement méritaient le plus d'intérêt, arriver jusqu'au châtelain. M. de B. les accueillit avec bonté; il écouta le récit de leurs misères, il leur témoigna une sympathie, d'autant plus touchante qu'elle était inattendue.

Un an après son arrivée, quoiqu'il eût gardé cet extérieur froid et même sombre qu'on lui avait toujours vu, M. de B. s'était conquis l'estime et l'amour de la population tout entière.

Une seule chose étonnait les habitants de Saint-Paul et les affligeait : M. de B. n'était pas religieux. Jamais, pas même les jours de grande fête, il n'entrait à l'église; jamais il n'avait fait visite au curé. Et pourtant c'était un digne homme que M. le curé!

Cet état de choses durait depuis cinq ans, lorsqu'au commencement de l'hiver de 1850, on apprit par le vieux domestique que son maître était malade. Peu de jours après, une dame âgée, une femme d'une rare distinction, arriva au château. C'était la mère de M. de B. Elle venait soigner son fils.

Elle aussi avait cette même expression de visage, digne, froide, impénétrable, qu'avait le châtelain; elle aussi se montra tout de suite compatissante pour les pauvres; mais elle avait de plus que le malade la qualité par excellence : elle était pieuse.

Le jour même de son arrivée, on la vit aller à l'église; de l'église, elle entra chez le curé. On remarqua qu'elle y resta plus d'une heure, et qu'elle avait, quand elle sortit, les yeux encore rougis par les larmes.

M. de B. s'était brisé une jambe et gravement blessé à la tête : où, comment, nul ne le savait. Il fut longtemps à se rétablir. Les gens du village notèrent avec joie que, tandis qu'il était au lit, M. le curé alla le voir. Quand enfin le châtelain fut guéri, il alla, lui aussi, à la maison de Dieu, puis au presbytère. Le lendemain, un dimanche, on le vit pour la première fois assister à la messe paroissiale. Ce fut un jour de fête pour les gens de Saint-Paul : leur protecteur était debout, il était converti, deux joies en même temps !.

A partir de ce jour, les hommes simples qui l'entouraient purent le remarquer eux-mêmes : M. de B., jadis indifférent à la religion, hostile peut-être, fit des progrès visibles, constants, dans la voie où il était entré. Il priait, il parlait souvent de Dieu, s'approchait des sacrements, avec une conviction si évidente, une simplicité si admirable, qu'il devint, pour la paroisse entière, un sujet d'édification quotidienne.

Aussi quel coup terrible ce fut dans le village, quand, un matin, cinq ans après sa conversion, on apprit que le châtelain était mort subitement, dans la nuit ! Quel mal l'avait enlevé, nul ne le sut : le même mytère qui avait plané sur le passé de M. de B., devait planer sur sa tombe.

Il avait demandé que sa dépouille reposât à St-Paul, dans le cimetière qui entoure l'église. Sa pieuse mère vint, avec un courage tout chrétien, présider à la cérémonie funèbre. Quand tout fut terminé, elle distribua aux pauvres une large aumône, et puis, rien ne la retenant plus, elle fit fermer le château, en confia la garde au fermier et partit, emmenant avec elle le vieux domestique qui avait assisté aux derniers instants de son fils.

Le château était inhabité, fermé depuis dix ans, quand, au commencement de mars 1865, on apprit qu'un nouveau propriétaire venait s'y établir. C'était, disait-on, le neveu de M. de B., un homme jeune, riche, marié, qui, pour venir à Saint-Paul, quittait une belle position. Il était sous-préfet dans une ville importante.

Huit jours après, le nouveau propriétaire arrivait. Les gens de St-Paul n'en pouvaient croire leurs yeux : c'était le vivant portrait de son oncle. Même coupe de figure, même développement du front, même regard, même son de voix, et, pour compléter la ressemblance, ce même air triste et sombre que M. de B. avait d'abord. On eût dit que le mort revenait prendre possession de son manoir. Il ne manquait au tableau que le vieux valet de chambre silencieux. Il était avantageusement remplacé par une jeune femme, belle, gracieuse, qui, dès les premiers jours, se concilia toutes les sympathies.

Sa bonté pour les pauvres, sa piété, achevèrent de lui gagner le cœur de tous ceux qui l'entouraient.

Quant à son mari, M. Henri de B., ce n'était pas par l'extérieur seulement qu'il ressemblait au châtelain défunt : il avait, comme lui, le goût de l'étude ; il parlait peu, comme lui, très-peu ; mais quand il avait un conseil, une consolation à donner, il les donnait avec un tact, une douceur et une autorité qui rappelaient l'ancien possesseur du château, à tel point qu'on croyait encore l'entendre.

Quels motifs avaient amené cet hôte nouveau dans cette demeure prédestinée à n'être habitée que par des maîtres étranges? Voilà ce que les habitants de Saint-Paul se demandaient. Mais, cette fois encore, leur curiosité ne fut pas satisfaite. Comment aurait-elle pu l'être? Il eût fallu pour cela leur révéler un secret que M. et Mme de B. gardaient pour eux seuls.

Ils habitaient Saint-Paul depuis un an passé et n'avaient encore reçu aucune visite, lorsqu'au commencement de l'été, une vieille dame arriva. C'était la tante et la marraine de Mme de B.

Mme Vernier — ainsi se nommait-elle — était une femme frêle, maladive et d'une distinction exquise. Veuve depuis dix ans, elle habitait avec sa fille, dont le mari occupait une haute position dans l'administration financière, à M.

Mme Vernier aimait beaucoup la jeune châtelaine. Mais, sa santé toujours chancetante ne lui permettant pas de voyager, elle n'avait plus revu sa filleule depuis l'époque de son mariage, il y avait de cela plusieurs années.

Il est impossible de témoigner une joie plus vive que l'était celle de Mme de B., quand elle revit sa tante.

Et pourtant, si profonde que fût leur affection réciproque, si sincères que fussent les marques qu'elles s'en donnaient, un observateur attentif aurait surpris, dès les premiers instants, dans leurs rapports une gêne visible. On lisait dans leurs yeux je ne sais quoi d'interrogatif et d'inquiet, qui laissait tout de suite deviner que l'une de ces dames, la plus âgée, attendait une explication, que l'autre avait conscience de ce désir non exprimé, et qu'elle hésitait à le satisfaire.

Mme Vernier, lorsqu'elle ne se croyait pas observée par son neveu et sa nièce, les regardait l'un et l'autre d'une façon qui laissait encore mieux deviner quels étaient ses sentiments secrets. Il y avait quelque chose de sévère dans le regard

qu'elle fixait sur M. de B. Tout au contraire, elle considérait la jeune femme avec
une expression de compassion maternelle.
La bonne dame ignorait-elle donc ce secret
que les habitants de Saint-Paul auraient
voulu découvrir? Oui, elle l'ignorait; mais,
plus favorisée que les gens du village, elle
allait l'apprendre.

Le lendemain de son arrivée, Mme Vernier se retira, après le déjeuner, dans sa
chambre, pour s'y reposer.

— Tu viendras me retrouver dans une
heure, dit-elle à sa nièce.

Une heure après, Mme de B. entrait chez
sa tante.

Mme Vernier était assise dans un grand
fauteuil, près d'une fenêtre, d'où l'on aper-
cevait au loin le magnifique panorama des
collines ardennoises, toutes couvertes de
villages, de clochers, de forêts à perte de vue.

Mme de B. s'assit à côté de sa tante, et,
regardant l'admirable tableau qui se déve-
loppait devant elle :

— Avouez, chère tante, lui dit-elle, que
nous avons une jolie habitation.

— Oui, le château est fort agréable, le pays me paraît beau, et pourtant....

Elle s'arrêta, considérant sa nièce de l'air d'une mère qui sait que son enfant souffre et attend qu'il lui dise où est le siége de la douleur.

Mme de B. baissa les yeux.

— Mais quoi, chère tante? demanda-t-elle en souriant.

— Mais je suis toujours aussi étonnée que vous soyez venus vous établir ici. Je te l'avoue, Marie, je trouve que c'est à n'y rien comprendre. Quoi ! ton mari était sous-préfet ; il avait tout ce qu'il faut pour aspirer aux postes les plus élevés ; il aimait le monde ; toi-même, tu n'avais aucun goût pour la vie retirée que tu mènes aujourd'hui : et voici que, tout à coup, sans que personne ait pu deviner le motif de cette conduite inconcevable, il a donné sa démission, et vous êtes venus, en plein hiver, vous installer ici, loin des villes, loin de toute société, dans un château tout plein de mélancoliques souvenirs !

Marie, ma chère Marie, tu sais combien

je t'aime; quand j'ai appris cette nouvelle,
j'ai eu le cœur brisé. Si je l'avais pu, je
serais immédiatement accourue près de
toi; je t'aurais suppliée de me dire quel
motif puissant, quel malheur secret vous
avait brusquement jetés dans une voie tout
autre que celle que vous suiviez. Mais
j'étais malade. Je ne pouvais t'interroger
que par lettres. Ton silence même m'indiquait que je devais différer, pour te demander ton secret, jusqu'au jour où je
pourrais te voir. Cette année d'attente m'a
été longue et douloureuse. Enfin elle est
passée! Enfin je puis t'avouer mes inquiétudes! Marie, ne me le cache pas, tu es
malheureuse!

Mme de B. avait respectueusement écouté
sa tante. Quand la vieille dame se tut, la
belle physionomie de Mme de B. s'éclaira
d'un sourire grave et doux.

— Rassurez-vous, dit-elle : non, non,
je ne suis pas malheureuse.

— Permets-moi, Marie, d'être franche
jusqu'au bout. C'est donc bien vrai, ton
mari t'aime autant qu'il paraît t'aimer?

Ces attentions dont il t'entoure, ce respect affectueux qu'il te témoigne, tout cela est sincère?

— Vous en doutiez?

— Oui, j'en doutais.

— N'en doutez plus, Henri est un noble cœur. Les sentiments qu'il montre, il les ressent, croyez-le.

— Je le crois; mais lui-même me paraît inexplicable. Je l'ai vu à l'époque de votre mariage : quelle différence entre ce qu'il était alors et ce qu'il est aujourd'hui ! Avec quelle horreur il eût repoussé la proposition de mener la vie retirée que vous menez ici !... Cet amour de la solitude, ce dégoût des honneurs et du monde, qu'il aimait tant jadis, je ne m'explique rien de tout cela. Qu'est-ce donc qui a pu changer ses goûts à un point tel que je ne le reconnais plus?

Mme Vernier se tut. Marie gardait le silence.

Les lèvres de la vieille dame se plissèrent; son visage prit une expression de mécontentement, qui n'échappa point à sa niéce. Elle savait que sa tante était aimante et franche, qu'elle avait la dissimulation en horreur, et pourtant il lui en coûtait de confier à Mme Vernier le secret qu'elle voulait connaître. Enfin, après quelques instants de pénible silence :

— Je vous dirai tout, dit-elle en passant ses bras autour du cou de sa tante, mais pas aujourd'hui ; demain, pendant que Henri sera à la chasse. Et ce secret que je vous confierai, n'est-ce pas? vous le garderez.

Le lendemain, à la même heure, M. de B. ayant quitté le château pour n'y revenir que le soir, Mme de B. alla trouver sa tante. Celle-ci l'attendait avec impatience. Sans que la vieille dame eût besoin de l'en prier, la jeune femme se mit aussitôt en devoir de tenir sa promesse.

— C'est toute une histoire qu'il faut que je vous raconte, dit-elle. Je la ferai courte, car je suis toujours pressée d'arriver au but, vous le savez; mais, court ou long, vous pouvez être sûre que mon récit sera sincère.

Il n'est pas besoin que je vous rappelle, chère tante, quelle fut ma vie jusqu'au jour, à jamais triste pour moi, où je perdis ma mère. Vous veniez, à cette époque, nous voir chaque année; vous avez pu constater de vos yeux combien mon père m'aimait, avec quel soin ma mère s'occupait de mon instruction. Qui donc aurait pu m'en donner une plus solide? Qui me l'eût donnée avec autant d'amour?

Ma mère morte, ce fut fait de mon bonheur! Il avait duré quinze ans.

Mon père était alors chef d'escadron dans un régiment d'artillerie, qui tenait garnison à Rennes.

Un mois après la mort de ma mère :

— Ma chère enfant, me dit-il, j'aimerais à te garder près de moi. Ta société me consolerait de la perte terrible que j'ai faite. Hélas! il faut nous séparer! Tout m'impose cette décision douloureuse : je le sens, tu ne peux achever ton éducation que loin de moi, dans un établissement où tu trouveras le calme et les professeurs que je ne saurais te donner ici.

Un mois après, j'entrais au pensionnat du Sacré-Cœur, à A. Nos maîtresses étaient si bonnes, elles nous aimaient tant, que je me serais trouvée heureuse, si je n'avais été poursuivie à toute heure par cette double pensée : « Ma mère est morte ! Mon père est seul ! » Ceci surtout m'était cruel. Mon père avait tant aimé ma mère, il l'avait tant pleurée, que je ne pouvais me figurer qu'il s'habituât à ne plus la voir.

Enfant que j'étais, je n'avais pas remarqué qu'à côté d'admirables qualités, mon père avait, comment dirai-je? un défaut ?... une faiblesse ?... Il oubliait facilement. Au moment où je le croyais abîmé dans sa douleur, six mois après la mort de ma mère, quand je revins passer près de lui mes vacances, il m'avoua, avec un embarras, qui croissait en proportion de mon étonnement, qu'il se remarierait un jour, — que ce jour n'était peut-être pas aussi éloigné que je le pensais. Je m'efforçai de lui cacher l'impression douloureuse que cette confidence inattendue me causait; mais cette impression était si vive qu'elle ne lui échappa pas. A partir de ce moment, il ne me traita plus comme autrefois.

Permettez-moi de ne point insister sur ces détails affligeants. Je vis la femme que mon père avait résolu d'épouser. C'était la fille d'un officier supérieur. Elle était jeune, belle et pauvre. Vous le devinez, sans que j'aie besoin de vous le dire, j'éprouvais pour elle une antipathie secrète. Elle et mon père s'en aperçurent, et bientôt, sans nous être consultés, nous sentîmes les uns et les autres qu'il fallait que quelqu'un fût sacrifié. Ce quelqu'un, ce devait être moi. Je passai de douloureuses vacances, je vous l'assure! Je n'osais plus parler à mon père de celle qu'il avait oubliée si vite; mais bien des fois par jour, je parcourais les appartements que ma mère avait habités; je prenais dans mes mains les objets qui lui avaient appartenu, je les couvrais de baisers, et je me disais avec un déchirement de cœur, mêlé de colère, qu'une autre femme allait s'emparer de ces reliques, une femme inférieure en tout à celle que je pleurais, une femme que je n'aimais pas, et à laquelle, visiblement, j'étais à charge.

Enfin le jour où je devais rentrer au couvent arriva. Ce fut mon père qui m'y reconduisit.

— A l'an prochain! me dit-il en me quittant.

Il avait compris que je désirais ne point assister à son second mariage.

— A l'an prochain! répondis-je. Mais j'avais déjà le vif désir de ne pas rentrer dans la maison paternelle l'année suivante.

Les circonstances vinrent à mon aide. Lorsque s'ouvrirent les vacances, mon père était marié depuis plusieurs mois; il habitait Avignon. Il m'écrivit pour m'engager à venir près de lui, comme c'était convenu. Mais cette invitation qu'il m'adressait était tout à la fois si affectueuse et si embarrassée que je le compris : mon père redoutait de me voir, tout autant qu'il le désirait. Un billet de ma belle-mère, joint à la lettre paternelle, dissipa les doutes qui pouvaient me rester à cet égard. Le

ton de ce billet, poli, mais froid et compassé,
m'indiquait trop que pour ma belle-mère
j'étais une étrangère gênante. Je demandai
à mon père la permission de passer mes
vacances où j'étais. Il y consentit.

Si j'avais eu la vocation religieuse, mon
sacrifice eût été fait tout de suite et sans
peine. Mais, quelque désir que j'eusse de
trouver en moi cette vocation, je ne pouvais me faire d'illusion à ce sujet : je
n'étais point appelée à vivre dans un
cloître.

Je réfléchis beaucoup à ce que je devais
faire; je consultai; et puis, ma détermi-
nation arrêtée, je soumis avec une entière
franchise mes projets à mon père. Il
m'écrivit qu'il les approuvait. Peu de temps
après, profitant de l'occasion que lui en
offrait un voyage à Paris, il vint même me
voir. Ce pauvre père, il n'avait pas trouvé
dans sa nouvelle union le bonheur qu'il
espérait! Il me l'avoua, avec cette ingénuité
touchante qu'il eut toujours. Nous pleu-
râmes ensemble, et nous reconnûmes qu'en
effet, le mieux était pour moi de rester

où j'étais. Je ne pouvais reparaître à la maison que pour en sortir bien vite par cette porte si hasardeuse que l'on appelle *le mariage.*

Oh! comme ce mariage commença dès lors à me préoccuper! La souffrance m'avait donné une maturité d'esprit précoce : je me représentais avec une émotion toujours croissante que mon bonheur dépendrait du choix que je serais appelée à faire.

Je me sentais, depuis que j'avais perdu ma mère, si isolée en ce monde! Quelle joie, me disais-je, si je trouvais dans mon mari le protecteur, l'ami que je demande à Dieu! Mais, pour cela, il fallait qu'il fût bon, qu'il fût sérieux. Ce n'était point assez, il fallait qu'il eût comme moi la foi! Un mari chrétien, voilà donc ce que je désirais. Si peu que j'eusse vu le monde, je l'avais assez jugé pour ne pas me faire d'illusions : je savais que les hommes de foi sont rares. Aussi étais-je bien inquiète. Cet état douloureux dura plusieurs années.

Enfin la lettre tant attendue, tant redoutée arriva. Mon père m'annonçait qu'il avait à me présenter un fiancé tel que, si je voulais bien l'accepter, il répondait de mon bonheur. — M. Henri de B., me disait-il, est un homme de trente ans, très-intelligent, riche, de bonne famille, et — ce point surtout séduisait mon père — M. de B. était sous-préfet dans une ville importante, à quelques lieues de celle où le régiment paternel était alors en garnison. C'était le préfet lui-même, un ami de notre famille, qui avait eu la première idée de nous unir.

Je lus, je relus la lettre, j'y cherchai en vain le renseignement qui me préoccupait plus que tout le reste : M. de B. était-il un homme religieux?... Pas un mot à ce sujet; et pourtant mon père connaissait mes désirs. Je lui avais vingt fois répété que la communauté de foi, c'était ce qu'avant tout je souhaitais de trouver dans mon futur mari.

Quinze jours après, j'arrivais à A. Ma belle-mère me fit un accueil tout aimable. Hélas! ce n'était pas qu'elle m'aimât; mais elle avait la perspective consolante de me

2.

garder peu de temps chez elle; la position
de M. de B. me rehaussait déjà à ses yeux.

Quant à mon père, je le trouvai enthou-
siasmé de son futur gendre, si enthou-
siasmé que cet amour extrême pour un
homme que je pouvais refuser me froissa
et me fit peur. De là, une situation délicate,
qui nous exposait tous à des luttes. Elles
ne se firent pas attendre.

Le soir même de mon arrivée, nous
étions réunis, mon père, ma belle-mère et
moi, dans le jardin. On parla de M. de B.

— Vous avez omis, dis-je à mon père,
de m'éclairer sur un point qui, vous le
savez, est pour moi d'une importance dé-
cisive : M. de B. est-il religieux?

Ma belle-mère me regarda d'un air stupéfait. La religion avait toujours occupé
une place très-secondaire dans ses pensées.
Ni ses parents ni ses maîtresses ne lui
avaient appris à l'aimer; à peine la con-
naissait-elle.

— Religieux? dit mon père. Évidemment,
il l'est.

— Évidemment! repris-je en souriant.

Malgré cette évidence, permettez-moi, mon cher père, de vous demander si vous êtes bien sûr que M. de B. soit un homme de foi.

Ma belle-mère commençait à donner des signes visibles d'impatience.

Je lui fis comprendre, en termes un peu vifs peut-être, que j'avais des motifs sérieux de tenir à ce que mon mari partageât mes croyances. Ma belle-mère me regarda avec un dédain superbe, et, mettant sa main sur l'épaule de mon père :

— Mademoiselle, me dit-elle, je ne comprends pas que vous vous préoccupiez tant à cet égard. On peut être un excellent mari, un officier distingué, un parfait honnête homme, sans aller à confesse, ni même à la messe, témoin votre père, ajouta-t-elle en me regardant d'un air victorieux.

J'étais trop émue; la question me semblait trop délicate pour que, mon père présent, je répondisse, comme je l'aurais dû peut-être. Mais, vous le comprenez, un tel incident ne pouvait que redoubler toutes

mes inquiétudes. Je tremblais que M. de B.
ne fût un libre penseur, et je me demandais
avec effroi ce que je ferais, si mes craintes
se trouvaient justifiées. Il n'y avait point
à en douter, mon père et ma belle-mère
désiraient que le mariage se fît. A quels
orages je m'exposerais, si je jugeais nécessaire de contrarier leurs desseins!

La première entrevue eut lieu chez le
préfet, le dimanche suivant. Inutile de
vous dire combien grande était mon émotion.

La physionomie distinguée de Henri,
son air sérieux me rassurèrent un peu. Je
notai avec une satisfaction croissante qu'il
parlait avec un tact exquis, avec une gra-
vité qui ne se démentait pas. Il se montra
près de moi aussi empressé qu'il le devait
être, pas plus; et — ceci me plut singulièrement — il ne m'adressa pas un seul com-
pliment banal. Le préfet paraissait le tenir
en une haute estime; j'étais forcée d'a-
vouer qu'il la méritait, à beaucoup d'égards;
je la lui eusse même accordée dès ce jour-
là tout entière, si j'avais été sûre qu'à ses

autres qualités, il joignit la foi; je n'osais
pas souhaiter davantage. Qu'il eût l'amour
de la Vérité, qu'il crût ce que l'Église enseigne! Si le reste, la pratique, lui manquait, j'espérais qu'avec l'aide de Dieu, je
l'y ramènerais.

Voilà ce que je dis à mon père, quand
il me demanda quelle impression cette
première soirée m'avait laissée.

— Mon enfant, me répondit-il avec cette
bonhomie que vous lui connaissez, pour
te parler franchement, je ne sais pas si
Henri se souvient encore de son catéchisme
et s'il y croit. Mais tu peux t'en rapporter
à moi : il vaut mieux, beaucoup mieux que
la plupart des jeunes gens d'à présent. Je
l'ai vu plusieurs fois, je l'ai entendu parler
de choses sérieuses. C'est un cœur droit,
c'est une âme élevée; tu n'auras pas de
peine à en faire un homme religieux, sois
en sûre.

Je souris d'un air incrédule.

— Ta! ta! reprit mon père. Souviens-toi
donc, fillette, de ce que ta mère avait fait
de moi! Qu'est-ce que je valais, quand je

l'épousai? Pas grand'chose. Mais c'était une sainte femme que ta mère, elle m'aimait, je l'aimais...

Tout cela était bien peu rassurant; aussi demeurais-je dans une anxiété qui faisait de ma vie un tourment continuel. Cette anxiété redoubla lorsque le préfet vint faire, au nom de son ami, la demande en mariage. Mon père et ma belle-mère auraient voulu que je leur permisse d'y répondre par un consentement immédiat. Je les priai de m'accorder huit jours pour réfléchir. On me les concéda, mais avec quelle impatience, à peine dissimulée! Que d'allusions malicieuses, que de dédains j'eus à subir de la part de ma belle-mère!

La veille du jour où le délai expirait, mon père me prit à part. Il me dit qu'il avait recueilli des informations nouvelles, que, cette fois, il pouvait me donner des assurances positives : M. Henri de B. appartenait à une famille où la religion était en honneur; lui-même allait à l'église et se montrait, comme administrateur, bien disposé à l'égard des catholiques.

Les instances de mon père, les qualités
de Henri, la situation toujours plus difficile où je me trouvais, m'arrachèrent un
consentement que j'aurais voulu différer
encore. Six semaines après, j'étais mariée,
mariée sans avoir eu le dernier mot sur la
question si grave qui me préoccupait toujours.

Cette question se posa sérieusement
entre mon mari et moi, pour la première
fois, peu de temps après notre union.

Avec l'élan d'une âme confiante j'avais
maintes fois ouvert mon cœur à Henri.
Nous nous étions trouvés d'accord sur
toutes choses. Je ne voulus garder pour
lui nul secret, je lui parlai de certain règlement religieux que, d'accord avec mon
confesseur, je m'étais tracé, que je désirais
suivre. Je le lui montrai.

Henri déplia le papier que je lui présen-
tais; il le lut, le relut. Ses traits avaient
pris peu à peu une expression grave et
presque sévère.

Je le regardais, j'attendais avec inquiétude qu'il me parlât.

— Ma chère Marie, me dit-il enfin, je vous remercie de ce témoignage de confiance toute particulière que vous m'avez donné, en me permettant de regarder ainsi au fond de votre âme. Je craindrais de vous affliger si je répondais à cette confiance par des objections que vous ne comprendriez peut-être pas aujourd'hui. Si vous le voulez bien, nous reviendrons sur ce sujet plus tard.

— Je vous en prie, repris-je avec vivacité, dites-moi tout de suite ce qui vous rend tout à coup si sérieux.

Il hésitait; j'insistai.

— Il y a, me dit-il enfin, de bonnes, il y a d'excellentes choses dans ce règlement. On n'en saurait tracer un qui convienne mieux à une élève du Sacré-Cœur. Mais ne sentez-vous pas que la règle qui convient à une jeune fille n'est plus celle qu'il faut à une femme mariée?

— Je l'ai compris; aussi n'ai-je fait figurer dans mon règlement aucune obligation qui pût vous déplaire.... du moins je le croyais. Me serais-je trompée?

— Peut-être... Ainsi, tenez ! je lis ces mots dans votre règlement :

« Je me confesserai et je communierai, autant que possible, tous les huit jours. » Eh quoi ! ne sentez-vous pas que c'est impossible ?

— Pourquoi donc ?

Henri sourit, mais d'un sourire forcé.

— Vous le voulez, il faut à toute force que je vous expose ces mille difficultés que la piété, une certaine piété, rencontre dans le monde, et avec lesquelles il faut compter.

Je demeurai silencieuse.

— Eh ! quoi, reprit-il, vous, si intelligente, vous ne voyez pas que ces fréquents exercices de dévotion, — comment dirai-je ? — gênants, déplacés chez une femme ordinaire, seraient tout à fait choquants de la part d'une femme dont le mari occupe un poste assez élevé ? Vous passeriez tout de suite... pour dévote : or, je vous le déclare, il me serait dur de voir que l'on vous fît ce reproche. J'aime la religion; je suis de l'avis du gouvernement qui la protége.

Mais je pense qu'il faut que l'individu, comme l'Etat, soit religieux dans une juste mesure. Ne parlons que de l'Etat d'abord : assurément il est utile que la religion y soit honorée, l'Etat fait très-bien de la défendre : la religion est une alliée fort utile... mais attention ! cette utile alliée peut devenir une alliée dangereuse. Si l'on n'y met ordre, la religion envahit tout : elle veut tout régir. Eh bien ! ma chère amie, il en va de même dans l'intérieur de toutes les familles. Oui, oui, il faut que la religion s'assoie au foyer domestique ; mais, là encore, le chef doit veiller à ce qu'elle s'y assoie en amie, non en despote.

Ces raisonnements faux, cette théorie impie au fond m'impatientaient.

— Eh quoi ! dis-je avec vivacité, vous pensez, mon cher Henri, que la religion peut devenir un danger pour l'Etat, pour la famille ? Mais, songez-y, qu'est-ce que la religion nous enseigne ? Nos devoirs. A quoi nous oblige-t-elle ? A faire le bien. Manquer à son devoir, faire une chose mauvaise par religion, cela se contredit.

Henri se pinçait les lèvres.

— Eh! eh! me dit-il avec une pointe visible de mécontentement, seriez-vous forte en théologie? Oh ! si cela est, je vous rends les armes. Je ne suis pas théologien et n'ai point envie de le devenir. Avant tout, je suis et je veux rester un homme pratique... Revenons, si vous voulez bien le permettre, à votre réglement. Si on l'examine de près, si l'on tire les conclusions qu'il renferme, savez-vous à quoi il nous mène ? A cette conséquence, que vous n'avez assurément pas prévue, mais elle est certaine : tout entière à vos pratiques de dévotion, à vos préoccupations d'au-delà de ce monde, vous vous accoutumeriez peu à peu à vivre d'une vie totalement opposée à la mienne; moi, travaillant pour l'existence présente, me conduisant d'après les maximes qui partout ont cours; vous, sacrifiant tout pour le Ciel, et prenant pour guides les régles d'un ascétisme outré. Vous n'auriez bientôt plus que du mépris pour certaines choses que j'aime, et pour d'autres, de la haine.

Henri continua de me parler longtemps sur ce ton.

Il y avait dans tout ce qu'il me dit une telle profondeur de calcul, une ténacité de volonté si grande que je souffrais beaucoup en l'écoutant. Je n'en pouvais douter, Henri se dirigeait en tout d'après les maximes du monde; il voulait que je les prisse comme lui pour règle, et cette règle, c'était lui qui se chargeait de me la commenter. Je le sentis bientôt, et lui le comprit, la lutte entre nous était inévitable, elle était prochaine ; et quelle lutte ! la lutte la plus terrible, celle où la liberté de l'âme est en jeu !

Ce fut d'abord une guerre sourde; elle n'éclatait que par instants, lorsque j'allais le matin faire mes dévotions, lorsque je refusais d'assister à la représentation d'une pièce mauvaise, lorsque, dans une réunion où l'on attaquait mes convictions, soit par l'expression de ma physionomie, soit par un de ces mots un peu vifs qui m'échappent souvent, je faisais acte de chrétienne. Il me fallait alors essuyer des reproches, parfois très-amers; puis venaient des jours entiers de mauvaise humeur. Vous vous faites aisément l'idée de tous les froissements qu'une telle vie amène. Vous soupçonnez aussi l'effet que produit sur l'affection réciproque cette lutte de tous les jours. L'opprimé s'indigne de se voir tourmenté dans ce qu'il a de plus intime, sa conscience. Sa résistance irrite l'oppresseur. Oh ! j'en conviens, je n'eus pas toujours ce tact, cette patience qu'une femme pieuse et maîtresse d'elle-même aurait gardés en toute occasion. J'étais jeune, j'avais l'âme fière : l'opposition persévérante et dédaigneuse que mon mari me faisait m'indignait plus que n'eût fait une opposition violente.

Deux ans après notre mariage, j'en étais venue à cet affreux état de ne plus aimer la société de Henri. Je n'étais jamais plus heureuse que quand ses occupations le retenaient loin de moi. Ah ! j'ai été bien coupable.

Marie courba la tête; elle paraissait accablée sous le poids de ses regrets.

— Ma chère enfant, dit Mme Vernier,
c'est beau, c'est très-beau d'avouer ses
fautes, et je te loue fort de reconnaître les
tiennes. Mais il ne faut pas les exagérer.
J'ai vu ton père à l'époque dont tu me par-
les. Il venait justement de passer un mois
chez toi. Je n'oublierai jamais la tristesse
profonde qu'il en avait rapportée. « Ma
fille est malheureuse, me dit-il; je réviens
de chez elle indigné. — Contre qui? lui
demandai-je. — Contre son mari. C'est
un ambitieux, c'est un despote... »

— Oh! ma tante!

— Je répète textuellement les paroles de
ton père. « Henri, continua-t-il, n'est préoccupé que de deux choses, de son avan-
cement et de ses succès dans le monde.
Son cabinet et les salons, voilà ce qu'il
aime. C'est là qu'il passe sa vie. Quant à
sa femme, il ne s'occupe d'elle que pour
en faire un instrument de sa vanité ou la
tourmenter. Il faudrait pour lui plaire que
Marie affectât envers la religion ce dédai-
gneux respect qu'il affiche lui-même. Il
aurait voulu une femme philosophe. Au

lieu de cela, ma fille est pieuse; sa piété déplaît à son mari; ce lui est un prétexte de l'affliger, de la blesser à tout propos. Passe encore si la piété de Marie était exagérée, gênante. Mais non : ce qu'elle fait, toute femme religieuse le fait comme elle. Et son mari s'en irrite! Ce n'est pas même assez pour lui de la gêner dans l'accomplissement de ses devoirs; il voudrait lui imposer en tout des sentiments conformes aux siens. C'est une vraie tyrannie! »

— Mon père était bien sévère. Mais n'insistons pas sur ce sujet. Sais-je, moi-même, jusqu'à quel point je déviai de la ligne droite, de cette ligne si difficile à suivre, lorsque, jeune comme je l'étais, on se trouve dans une situation aussi délicate que l'était la mienne? Je vous disais donc qu'après deux ans de mariage, nous étions l'un vis-à-vis de l'autre dans la situation la plus douloureuse. Mon mari m'aimait-il encore?... Je le crois. Avais-je pour lui cette affection qu'une chrétienne doit garder toujours à l'homme auquel elle

l'a promise devant Dieu?... Je le crois
aussi. Mais, des deux côtés, quelle froideur, quelle défiance! Cette mésintelli-
gence alla s'aggravant pendant trois années
encore.

Je priais pour Henri, je lui faisais mille
concessions; mais l'indifférence visible
qu'il me témoignait me désolait. Je ne
pouvais me le dissimuler, je ne l'aimais
plus que par devoir! Quant à lui, sans
cesse occupé de ses travaux, toujours
entouré, fêté, il semblait ne penser à moi
que le moins possible.

C'est là que nous en étions, il y a dix-
huit mois!

Je fis alors deux remarques qui me don-
nèrent singulièrement à réfléchir : Henri
devenait triste, si triste qu'à certains
moments, j'en étais effrayée. Chose sin-
gulière, sa tristesse ne le rendait pas plus
dur à mon égard. Elle semblait plutôt le
prédisposer à l'indulgence. Parfois il me
regardait avec une expression de visage
si affectueuse que j'en étais tout étonnée.

Je l'interrogeai; je voulais connaître le

motif de cette mélancolie qui s'associait chez lui à des retours d'affection passagers et pour moi inexplicables. Henri me répondit avec embarras, d'une façon évasive. Evidemment il y avait là un secret. Je me demandai quel était ce secret. Six mois entiers, je cherchai en vain à le découvrir.

Enfin j'appris quelle était la cause de cette tristesse profonde que je remarquais chez mon mari.

Un soir — nous avions ce jour-là une grande réception en perspective, — Henri me parut pendant le dîner encore plus sombre que d'ordinaire. Il était nerveux, préoccupé à un degré extrême. On eût dit un homme qu'un malheur menace. Ce trouble visible qu'il portait dans l'âme me causait à moi-même une invincible terreur, et je me livrais à toute sorte de suppositions désolantes. Je l'interrogeai; il ne me répondit pas.

A neuf heures, nos invités arrivèrent. Henri et moi nous les reçûmes. Je remarquai que sa figure redevenait plus calme.

— Pourquoi me le cacher? lui dis-je tout

3.

bas, vous étiez malade, il y a une heure?

— C'est vrai, me répondit-il ; je vais mieux.

Ceci dit, il s'éloigna.

Je ne le revis qu'au moment du souper.
Il me précédait, donnant le bras à la femme
du général. Tout à coup, il chancela, poussa
un cri et tomba à terre. Avant que nos invités fussent revenus de leur stupéfaction,
le docteur M., notre ami, s'était précipité
vers Henri. Aidé de deux domestiques, il
le fit transporter rapidement à sa chambre.

J'étais plus morte que vive ; mais, si
grand que soit le danger, je conserve toujours assez de sang-froid pour le regarder
en face. Cela se comprend : je suis la fille
d'un militaire.

Uniquement préoccupée de mon mari,
j'oubliai tout ce qui m'entourait, et je sui-
vis les domestiques qui emportaient leur
maître. Il poussait des cris, il se débattait;
c'était effrayant à voir.

Quand on fut arrivé à la porte de la chambre :

— Madame, me dit le docteur, qui d'abord
n'avait pas remarqué ma présence, je vous
en supplie, retirez-vous!

En parlant ainsi, il me barrait le passage.

— Je veux entrer, lui dis-je d'un ton qui

n'admettait pas de réplique, et j'entrai.

Il n'est pas besoin que je vous nomme, ma chère tante, le mal dont mon mari est atteint.

La crise, ce soir-là, fut longue et terrible.

Lorsqu'enfin elle cessa, lorsque Henri reprit connaissance, j'étais à genoux près de lui, la main appuyée sur son front crispé par la douleur.

Il me regarda avec une inexprimable pitié, et, prenant ma main, il l'embrassa; je sentis des larmes sur mes doigts.

Jamais de ma vie je n'éprouverai, je crois, une série d'émotions aussi douloureuses que celles que je ressentis en ce moment. A vous, ma seconde mère, à vous, à qui je puis tout dire, je vous l'avouerai, j'éprouvais à la fois de l'horreur, de la pitié, de l'amour!

— C'est fini, docteur, dit Henri, fini de toutes façons! Merci; vous pouvez vous retirer.

Le docteur sortit.

Je m'étais assise au chevet du lit de

Henri, et lui, silencieux, l'œil baissé, il essayait de se remettre ; il réfléchissait, comme on fait après un de ces coups qui vous renversent.

— Ma pauvre amie ! me dit-il enfin, pardonnez-moi !... Je vous ai trompée, sans le vouloir... Je me faisais illusion ! Ce mal affreux dont vous venez de voir un accès qui a dû vous glacer d'effroi, ce mal est héréditaire dans notre famille ! Mais il ne nous frappe pas tous. J'espérais être de ceux qui chez nous échappent à sa funeste influence. Quand je me mariai, j'avais dépassé l'âge où tous ceux qu'il a frappés jusqu'ici avaient été atteints.

Quelle horrible surprise, quand, au moment où je me croyais à l'abri de tout danger, je ressentis les premières atteintes de la fatale maladie ! Vous n'avez pu vous expliquer alors la tristesse subite qui se saisit de moi. Hélas ! vous en connaissez aujourd'hui la cause !

Jusqu'au dernier moment, jusqu'à ce soir, j'espérais du moins que je pourrais garder ce terrible secret pour moi seul.

Mes accès étaient rares. J'en étais averti
par un long malaise. Je me retirais alors
loin de tous les yeux. Je me disais qu'il en
serait toujours de même. Espoir encore
déçu ! Ce mal affreux que je porte en moi,
il a fallu qu'il s'étalât à tous les yeux. C'en
est fait ! ceux qui m'aiment et ceux qui me
haïssent, tous aujourd'hui le savent, je ne
suis qu'un...

Il n'osa achever.

— Ah ! je suis bien malheureux ! continua Henri, et il se tordait les mains de
désespoir. C'est fini de ma carrière ! Il ne
me reste qu'une chose à faire : fuir, fuir en
un lieu où nul ne sache ce que je souffre.

Je lui dis qu'il s'exagérait son infortune.
j'essayai de le consoler. Vains efforts !

— Après la catastrophe de ce soir, me
dit-il, quand je vois que chez moi le mal se
montre dans sa forme la plus désespérante,
par accès soudains, tels qu'ils me repren-
dront n'importe où, il n'y a plus à hésiter :
je dois donner ma démission, je la donnerai
dès demain.

Et vous, chère Marie, continua-t-il en
me regardant avec une douloureuse com-

passion, qu'allez-vous devenir? Car, sa-
chez-le, Marie, si dur que j'aie été envers
vous, — oh! oui! j'ai été parfois bien dur!
pardonnez-le-moi! — je ne suis point un
égoïste : je ne veux pas attacher ma déplorable destinée à la vôtre. Votre père est
veuf; Marie, je vous le permets, je vous en
supplie, allez vivre près de lui.

Tout cela était dit d'un ton si ému, si
touchant, que j'oubliais tout, le passé, le
mal dont Henri était frappé; je ne voyais
plus qu'une chose : le malheur de cet
homme que j'avais aimé, que j'aimais encore et qui tombait là, à mes côtés, frappé
dans tout ce qu'il avait de plus cher.

Sans hésiter, je pris sa main, et, la serrant avec force dans les deux miennes :

— Jamais je ne vous quitterai! lui dis-je.

Henri pâlit en m'entendant parler ainsi.
Son regard anxieux était fixé sur le mien;
on eût dit qu'il voulait lire dans mon âme.

— Ah! reprit-il, si j'étais sûr que vous
le direz toujours, ce mot, que vous le direz
toujours avec la même force, Marie, je me
résignerais à mon malheur!

— Eh bien! résignez-vous, Henri. Si j'étais libre en cet instant, comme je l'étais à l'heure solennelle où, devant le prêtre, je vous engageai ma foi, Henri, je n'hésiterais pas une seconde, je vous dirais, comme je l'ai dit alors : Je veux être votre femme! Et j'espère qu'avec l'aide de Dieu, je vous consolerai.

Ce que je disais là, toute chrétienne l'eût dit à ma place. Mais Henri ne savait pas ce que c'est qu'une femme chrétienne. Son étonnement, sa joie au milieu de sa douleur ne se peuvent rendre. Il me peignit sa reconnaissance, son admiration en des termes tels que j'en étais confuse.

Quand nous fûmes tous les deux redevenus plus calmes, il me fit l'historique de la terrible maladie qui le frappait.

— Ce mal, dit-il, m'a été transmis par ma bisaïeule, et voici comment elle-même en fut frappée.

En 1789, au commencement de l'hiver, elle habitait son château de Bourgogne. Son mari, député aux états généraux, vivait à Versailles. Ma bisaïeule était une femme

très-pieuses et toute dévouée au roi. La
révolution, dès sa naissance, lui causait
une extrême horreur. Il en était autrement
de mon grand-père : c'était un disciple de
la philosophie nouvelle. Les excès que l'on
commettait alors l'effrayaient peu; c'étaient,
disait-il, des crimes isolés, on en aurait
bientôt raison. Il avait donc laissé sa femme
seule dans son domaine.

Un soir du mois de novembre 1789, une
de ces troupes de bandits qui parcouraient
alors la province, arriva inopinément au
château. La bande y passa la nuit, et s'y
comporta comme on devait s'y attendre.

Les figures patibulaires de ces hommes,
les chants obscènes et sauvages qu'ils pro-
féraient causèrent à la châtelaine un effroi,
qu'elle domina, car c'était une femme d'un
rare courage. Mais la force physique n'était
pas chez elle à la hauteur de sa force morale.

Son impressionnabilité se trouvait encore
augmentée par une circonstance spéciale:
elle était enceinte.

Quand les révolutionnaires quittèrent le
château, ma bisaïeule, qui jusqu'à ce mo-

ment avait vaillamment-tenu tête à l'orage,
succomba. Elle eut un premier accès de
ce mal terrible qu'elle allait nous transmet-
tre.

La série d'horreurs auxquelles elle dut,
comme tous les honnêtes gens, assister
alors, les émotions qui en furent la suite,
ne firent qu'aggraver le mal dont elle
était atteinte.

Elle en mourut, la pauvre femme! toute
jeune encore; mais ce qu'il y a de plus
triste, c'est que la maladie était passée dans
le sang de son dernier enfant, mon grand-
père.

Chose étrange, le mal ne se montra chez
lui qu'à trente ans. Il était alors marié, il
avait deux fils. De ces deux fils, l'un est
mon père; jamais il ne s'est ressenti du
mal héréditaire. Ce m'était une forte raison
d'espérer que, moi aussi, je ne m'en res-
sentirais pas. Cet espoir n'aurait pas dû
toutefois être exempt de crainte.

J'avais sous les yeux un exemple effrayant
de la persistance de cette maladie dans
notre race. Elle se déclara chez mon oncle,

au moment où il allait se marier. Il eut le tort grave de ne point l'avouer à celle qu'il devait épouser. Le mariage se fit. Mon oncle avait, à part cela, une admirable santé; c'était un homme d'une indomptable énergie, d'une rare intelligence. Il espérait qu'il aurait raison de ce mal implacable; il se trompait. À trente-deux ans, lorsque tout semblait lui sourire (il était chef d'escadron de dragons), il fut saisi, au milieu d'une revue, devant tout le corps d'officiers, d'un accès si violent, que, le lendemain, il fit ce que demain je ferai, il donna sa démission.

Mais, chère Marie, si grand que soit mon malheur, celui de mon oncle fut pire encore.

Sa femme et la famille de sa femme tout entière se tournèrent contre lui, avec une colère que la faute de mon oncle, hélas! excusait. Honteux, désespéré, il voulut se tuer. Mais, à la première nouvelle de son malheur, au moment où tout le monde le fuyait, sa mère était accourue. Il n'était que temps : le lendemain elle n'eût trouvé qu'un cadavre. Que lui dit-elle? Comment s'y prit-elle pour le réconcilier avec la vie?

Je ne sais. Toujours est-il que mon oncle
lui promit solennellement de n'attenter
jamais à ses jours.

Huit jours après, tout était arrangé : une
séparation à l'amiable s'était faite entre
mon oncle et sa femme. Je ne puis la blâ-
mer; tout le monde n'a pas votre héroïsme,
Marie.

— Et moi, non plus, dis-je à Henri, je
n'oserais la condamner; mais je me garderai
bien de l'imiter, et, ce faisant, je ne me
crois pas du tout une héroïne.

— Mon oncle, reprit Henri, acheta dans
les Ardennes un château, où il alla s'installer, loin du bruit et du monde. Comme
toutes les âmes blessées, il avait soif de
solitude. Le site de ce château, la maison,
tout est agréable, m'a-t-on dit. Mais je me
figure aisément ce que mon oncle a souffert
quand il dut s'en aller là-bas, vivre comme
un ermite, lui qui aimait tant la guerre et
les fêtes. C'est à frémir, quand on songe
aux indicibles douleurs que devait lui
causer cette vie inactive et sans gloire !
L'infortuné ! C'est là qu'il a végété dix ans,

n'ayant pour société que sa maladie, ses regrets et un fidèle domestique, un de ces types de vieux serviteurs, dévoués, comme on n'en trouve plus.

J'ai peu vu mon oncle, et pourtant il m'aimait beaucoup. Quand il mourut, il me donna une dernière marque de cette affection, en me léguant son château. Ce château, auquel se rattachent pour moi des souvenirs si touchants et si tristes, vous le connaissez, je vous ai souvent montré l'admirable tableau qui le représente.

Pour la première fois depuis bien des années, il s'établissait entre l'âme de Henri et la mienne un si complet accord, qu'il me sembla, à n'en pouvoir douter, qu'en ce moment je devinais sa pensée.

— Oui, je le connais, lui dis-je, et je l'aime, ce château ! J'y voudrais vivre avec vous toujours !

— Quoi ! vous porteriez la générosité à ce point ! Vous consentiriez à passer le reste de votre existence là-bas, en tête-à-tête avec moi seul ?

— Oui, répondis-je.

Et, comme Henri paraissait en douter :

— Quelle situation plus heureuse puis-je souhaiter que de partager vos douleurs et de les consoler, je l'espère ? Ne sommes-nous pas unis à jamais devant Dieu ?

— Marie, reprit-il avec un ton affectueux que je ne puis rendre, j'ai été bien coupable : je vous ai méconnue.

Huit jours après, nous venions nous installer ici.

Oh ! je ne me ferai ni plus brave ni meilleure que je suis. Sans doute, j'étais heureuse d'avoir reconquis l'affection de mon mari ; mais j'envisageais avec effroi l'avenir qui m'attendait. La maladie de Henri m'épouvantait ; je tremblais que le désespoir ne s'y joignît, qu'il ne se lassât de ma société, que la sienne ne me devînt insupportable.

Une seule espérance me soutenait. Si la foi peut rentrer dans son cœur, me disais-je, s'il se résigne à son épreuve, s'il demande à Dieu de le soutenir, nous serons sauvés tous les deux... Sinon, c'en est fait ! Son courage faiblira, et alors que fera-t-il ?

Avec quelle ardeur je demandais à Dieu qu'il me vînt en aide ! Dieu m'exauça.

Pas une fois, depuis le coup terrible qui l'avait frappé, Henri n'avait abordé avec moi la question religieuse.

Quand nous arrivâmes ici, je lui demandai de m'accompagner lorsque j'allai pour la première fois rendre visite à notre curé. Il y consentit.

M. l'abbé S. est un homme très-instruit, un saint homme, d'une humeur ouverte et souriante. Il plut à Henri; je le constatai avec joie.

Nous étions chez lui depuis une demi-heure, lorsque Henri lui parla, non sans quelque hésitation, de notre parent, de cet oncle qui était venu souffrir et mourir dans le château que nous allions désormais habiter. Ce sujet de conversation m'était pénible. Sans doute, pensais-je, le curé a peu connu M. de B. Le brillant officier, arrêté brusquement dans sa carrière, abandonné par sa femme, a dû mener ici une vie retirée et tout empreinte du désespoir qu'il portait dans l'âme. J'étais à mille lieues de penser que le vieux prêtre et lui eussent été amis. Quel fut mon étonnement, quelle

fut ma joie, quand je vis, dès que Henri
prononça le nom de son oncle, l'œil du
vieux prêtre s'attendrir et sa physionomie
prendre une expression de douce tristesse
et d'affection inexprimable! Une mère ne
parle pas de son fils mort avec plus d'amour
que l'abbé S. nous parla de celui qu'il appelait des noms les plus honorables et les
plus doux.

— Etait-il religieux? demandai-je timidement.

— C'était un vrai chrétien, me répondit
le curé. Tout le monde l'a pleuré; beaucoup le regrettent encore, non-seulement
ici, mais dans tous les villages, à plusieurs lieues à la ronde. Que de bien il
faisait !

Henri recueillait tous ces détails avec une
satisfaction silencieuse. Les éloges donnés
à son oncle lui causaient une joie visible.
Mais avait-il l'idée qu'il pût, qu'il dût l'imiter dans sa résignation, dans sa foi?

Je n'osai l'interroger sur ce point, si
grand que fût mon désir de savoir ce qu'il
pensait.

Le surlendemain, M. le curé vint nous rendre notre visite.

Henri le reçut avec un respect et une affabilité qui me firent bien augurer de l'avenir.

La conversation commençait à languir, lorsque l'abbé S., avec une expression de physionomie qui avait quelque chose de solennel, adressa à Henri ces paroles:

— Monsieur, je deviens vieux ; je suis sujet à des attaques de goutte, qui, d'un moment à l'autre, peuvent m'emporter: aussi ai-je pris l'habitude de ne pas remettre au lendemain ce que je puis faire le jour même... Votre oncle était, vous le savez, éprouvé par une maladie terrible.

Henri pâlit. J'étais au supplice. M. le curé parut ne pas remarquer notre trouble : il continua.

— M. de B., dit-il, eut le pressentiment de sa fin. Quelques mois avant sa mort, dans une de ces conversations intimes comme nous en eûmes tant : «Monsieur le curé, me dit-il, je voudrais vous charger d'une commission délicate. Depuis mon arrivée ici,

je prends note, chaque soir, de mes impressions, de mes pensées, des événements
du jour. Ces notes quotidiennes forme-
raient aujourd'hui quatre énormes cahiers.
J'avais conservé ces quatre recueils jusqu'à ces derniers temps. Mais, quand je
vins me fixer à Saint-Paul, j'avais le malheur de ne pas croire. Mon épreuve, —elle
est terrible, vous l'avouerez, — au lieu de
m'améliorer, commença par me rendre
pire. Ce que j'eus alors de tentations de
désespoir et de fureur, je ne puis le dire.
Les deux premiers cahiers de mes notes
quotidiennes, ceux que j'ai écrits à cette
époque, portent à chaque ligne la trace des
impressions mauvaises que je subissais.
J'ai cru opportun de détruire cette partie
de mes mémoires. J'ai gardé le reste. Si je
meurs inopinément, comme cela est possible, j'ai donné ordre à mon domestique
de vous porter aussitôt mon manuscrit. Je
ne voudrais pas qu'il vînt aux mains de
ma mère. Ce n'est pas qu'elle dût y trouver
rien qui, je crois, serait de nature à la
scandaliser. Non, Dieu soit béni ! la rési-

gnation a remplacé, dans ces cahiers nouveaux, les murmures qu'elle eût rencontrés
dans les cahiers précédents. Mais c'est une
résignation laborieuse parfois, je souffre
tant! De plus, ce serait chose douloureuse
pour ma mère de repasser ainsi, jour par
jour, cette vie d'épreuve que j'ai menée ici
depuis si longtemps. Oh! je le sais, si,
moi mort, elle lisait ces pages, elle aurait,
pour se consoler, cette pensée qu'enfin c'est
fini, que je suis entré, espérons-le, de la mi-
séricorde divine, dans une vie meilleure.
Mais vous savez combien le cœur d'une
mère, même chrétienne, est sympathique
aux douleurs de son fils. J'aime mieux
qu'elle ne connaisse les miennes que quand
nous serons tous les deux réunis dans le
ciel. Aussi avais-je eu d'abord l'idée de ne
rien laisser subsister de mes mémoires.
Mais je me suis dit que ces notes, qu'il est
bon de soustraire aux mains maternelles,
offriront peut-être à quelque autre membre
de ma famille une lecture qui l'intéressera.
Si donc il venait plus tard au château quelqu'un des miens, auquel il vous semblât

bon de remettre ce dépôt, faites comme vous
jugerez le mieux, Monsieur le curé. Ce que
vous ferez, je l'approuve. » Il y a dix ans
que M. de B. me tenait ce langage. Quelques mois après, il mourut. Depuis lors,
j'ai gardé le manuscrit qu'il m'avait confié.
Que de fois j'ai lu, relu ces pages, où je ne
sais ce qu'il faut le plus admirer, la force
de la pensée, ou l'héroïsme de la résignation chrétienne! Et maintenant, me sen-
tant à mon tour près de mourir, j'avais
hâte de remettre ce dépôt entre des mains
qui fussent dignes de le recevoir. Ce serait
trop grand dommage qu'un tel écrit n'eût jamais de lecteurs. Je bénis Dieu de ce qu'il
me permet de vous le donner, Monsieur, à
vous que votre oncle aimait d'une affection
particulière, à vous qui avez, je le vois,
conservé de lui un souvenir qui vous ho-
nore tous les deux.

Henri reçut avec respect les deux cahiers
que M. le curé lui présentait. Quand le
prêtre s'en alla, il les emporta dans sa
chambre. Pendant un mois, j'attendis en
vain qu'il m'en parlât. Il gardait à ce sujet

un silence qui m'inquiétait. Je l'épiais, je savais qu'il lisait les notes de son oncle. Combien j'aurais souhaité d'apprendre quel effet cette lecture produisait sur lui ! Mais Henri est de ces hommes qu'il ne faut pas interroger. Comme certaines fleurs, les âmes de cette espèce se ferment, quand on veut les ouvrir de force ; elles ne s'ouvrent que d'elles-mêmes. Pour comble de douleur, je remarquais que le caractère de mon mari s'assombrissait. Il passait ses journées presque tout entières hors de la maison, et quand je lui demandais où il avait été :

— Le sais-je, moi-même ? me répondait-il d'un ton découragé.

— Et que pouvez-vous faire, durant ces longues promenades ? lui disais-je.

— Je réfléchis !

Hélas ! il poursuivait, même près de moi, ces tristes réflexions. En vain, il essayait parfois de sourire ; je lisais au fond de son âme ; il se débattait, sans me l'avouer, contre des tentations de désespoir, chaque jour plus fortes.

4.

Un soir, je notai certains symptômes qui redoublèrent mes inquiétudes. Les traits de Henri étaient contractés; ses yeux, cernés; sa voix, saccadée. Je pensai qu'une crise nouvelle du mal dont il souffre était imminente.

Je me retirai dans ma chambre, résolue à ne me point coucher, pour me tenir toute prête à voler près de lui, s'il m'appelait.

Vers minuit, mon inquiétude était telle que, n'y tenant plus, j'allai frapper à sa porte.

Il ne me répondit pas.

Je crus qu'il dormait, j'entrai sans bruit.

La chambre qu'il habite est très-vaste; j'avais, quand j'y pénétrai, en face de moi, une large fenêtre. Elle était ouverte.

Henri, assis dans un fauteuil, à côté de cette fenêtre, se leva, aussitôt qu'il m'aperçut.

Pour aller à lui, je dus passer à côté de son bureau; il est placé au milieu de la chambre.

Tout était sombre autour de moi; seulement un rayon de lune, passant à travers les rideaux à demi fermés, tombait droit sur le milieu du bureau et éclairait le bu—

Je crus qu'il dormait, j'entrai sans bruit.

vard de Henri. Sur ce buvard, j'aperçus un révolver. La vue de cette arme, à cette place, me causa une émotion extrême.

Cependant j'étais arrivée à la fenêtre; je m'assis en face de Henri.

— Etes-vous souffrante? me demanda-t-il.

— Non; je craignais que vous ne le fussiez.

— Rassurez-vous.

Il y avait dans l'expression de sa physionomie, dans le son de sa voix quelque chose de froid et de résolu qui me fit peur.

La nuit était splendide; le calme solennel qui nous entourait me rendit mon énergie. J'en avais besoin, car Henri gardait un silence de mauvais augure. Il était évident que ma présence le contrariait.

— Henri, lui dis-je, pourquoi restez-vous levé aussi tard! A quoi pensiez-vous, quand je suis entrée?

— Je ne m'en souviens plus.

— Ah! dites plutôt que vous ne voulez pas me le dire. Henri, j'ai vu là, sur votre bureau, un objet qui m'a glacée d'effroi.

— J'ai eu tort de le laisser là, me dit-il, on ne doit toucher à de tels objets que pour s'en servir.

— S'en servir, Henri ? Eh quoi ! y penseriez-vous ?... Non, je me trompe. Henri, vous êtes trop courageux pour vous arrêter un seul instant à une telle pensée !

— Le courage consiste-t-il à supporter sans profit pour soi ni pour personne des maux horribles ?

— Sans profit pour personne, Henri ? Eh quoi ! me comptez-vous pour rien ? Ne tenez-vous nul compte de ceux qui vous connaissent, nul compte de vous-même ? Ah ! permettez que je parle de moi d'abord. Eh bien ! moi, j'ai besoin que vous viviez, car je vous aime.

— Après ce que je vous ai fait souffrir ?

— C'est oublié. D'ailleurs vous exagérez vos torts. Désormais une vie nouvelle s'ouvre pour nous.

— Quelle vie, quelle déplorable vie !

— Eh quoi ! ne m'aimez-vous donc pas ? N'est-ce pas une consolation pour vous de savoir que vous avez ici une âme qui com-

patit à tout ce que vous souffrez, une âme
qui, pour être heureuse, ne vous demande
qu'une chose, d'accepter votre sort? Mais
peut-être n'ai-je pas le droit de vous
prier de faire pour moi un sacrifice aussi
pénible. Oui, mon ami, je le sens, pour
consoler une douleur comme la vôtre, il
faut autre chose que l'amour, que la société d'une femme.

Sa physionomie changeait peu à peu
d'expression, son regard devenait plus
doux :

— C'est pourtant beaucoup qu'un tel
amour, me dit-il. Et quand cet amour nous
est donné dans des circonstances pareilles à
celles où vous me donnez le vôtre, il est
peu de sacrifices qu'on ne puisse lui faire!
Pourtant, ajouta-t-il, en redevenant aussi
sombre que je l'avais vu d'abord, vous me
demandez beaucoup!

— Cela vous coûte donc bien de con-
sentir à vivre encore? Eh bien! Henri, ne
parlons plus de moi. Laissons de côté la
douleur que vous me causeriez, en vous
arrachant la vie; ne parlons pas de l'exem-

ple funeste que, par une mort volontaire, vous donneriez à ceux qui, comme vous, estiment que l'existence leur est un fardeau. Henri, ne pensons qu'à Dieu! Dieu vous défend de hâter l'heure où vous irez à lui. Votre oncle a connu ces pensées qui vous obsèdent. Il a souffert du mal que vous portez; il a vu, comme vous, sa carrière brisée. Me permettez-vous d'ajouter ceci : il n'avait près de lui personne qui compatît à ses maux? Et pourtant, Henri, il les a supportés jusqu'au bout. Il a fait plus que de les supporter avec résignation, il a remercié Dieu de les lui avoir envoyés! Pardonnez-le-moi, j'ai jeté, sans vous le dire, un regard sur les notes qu'il vous a laissées. J'y ai marqué une page, que je vous supplie de me permettre de vous lire.

J'allai vers le bureau, j'allumai une bougie. Henri m'avait suivie; je pris l'un des cahiers, et je lus à haute voix le passage dont je venais de parler.

C'était une méditation religieuse. Elle avait été écrite par notre oncle, la nuit de Noël, peu de mois avant sa mort. Cette

méditation renferme des considérations
très-élevées, très-touchantes, sur la néces-
sité et la beauté de la souffrance, sur l'In-
carnation de Jésus-Christ. Mais ce n'est
pas là ce qu'il y a, à mon avis, de plus
beau dans ces pages. Ce qui m'y paraît
surtout éloquent et persuasif, c'est l'expression de résignation entière, c'est l'abandon
admirable de celui qui, à la veille de sa
mort, après avoir tant souffert, a laissé
parler là son âme devant Dieu.

Henri m'écoutait, silencieux, comme un
homme qui médite sur ce qu'il entend et
s'efforce d'y plier sa volonté.

Quand j'en vins aux dernières lignes,
quand il vit son oncle bénir Dieu de lui
avoir envoyé sa maladie, de la lui avoir
donnée pour compagne, disant qu'il la
préfère à tous les honneurs, à tous-les
amours, à tous les trésors de la terre, parce qu'elle lui a appris à juger sainement
de toutes choses, parce que, s'il a tout perdu humainement, ce qu'il a perdu n'est rien
auprès de ce qu'il a trouvé, auprès de ce
qu'il espère ; Henri baissa la tête, et long—

temps il resta absorbé dans une méditation profonde.

Enfin il se leva, et, venant à moi :

— Oui, tout cela est sublime! me dit-il.
Que ne puis-je imiter l'âme généreuse qui
a trouvé dans sa douleur un héroïque
moyen de montrer son courage!

— Son courage, Henri?... J'ai peu lu le
journal de votre oncle, j'en ai seulement
parcouru quelques pages à la dérobée;
mais le peu que j'en ai lu me suffit pour
que je vous l'affirme : le courage de votre
oncle, si grand qu'il fût, ne l'aurait pas
soutenu. Lui-même l'avoue dans un endroit que j'ai noté : ce courage avait
faibli; il ne se releva que le jour où il s'ap-
puya sur Dieu.

— Oui, cela se peut. Moi aussi j'ai beau
chercher en moi, autour de moi, partout,
l'appui qu'il me faudrait... nulle part je ne
le trouve!... Il y a des heures où votre
amour même... — ah! Marie, je l'apprécie
cependant bien haut!... — où votre amour
même ne me console plus. Je souffre trop!

— Henri, vous croyez en Dieu?

— Oui, j'y crois.

— Eh bien! Dieu peut vous soutenir, Dieu peut vous consoler; mais il n'y a que Lui qui le puisse.

— Oui, dit-il, comme se parlant à lui-même, c'est vrai, c'est très-vrai : deux voies seulement s'ouvrent devant moi, celle de la résignation entière... et celle du désespoir!... La résignation? Ah! comme elle me coûte!... Si vous saviez, Marie, jusqu'à quel point mon âme est boule-versée! Il y a des instants où, songeant à ce qu'a fait mon oncle, me reportant à certains passages de ses notes, — un sur-tout qui m'a frappé : il y dit que les âmes en apparence les plus maltraitées de Dieu, sont celles qu'il préfère, — j'admire la sagesse de mon parent, je trouve son courage aussi sage qu'il me paraît admi-rable. Mais bientôt à ces pensées succè-dent des pensées tout autres : cet héroïsme me paraît de la faiblesse; ce mépris des biens présents, un calcul puéril, le calcul d'une âme qui, ayant tout perdu, veut à tout prix se consoler!... Et alors, que me

reste-t-il? le désespoir!... On ne vit pas
avec le désespoir, car vivre ainsi, c'est
trop dur. On se tue... Et l'on va... Où va-
t-on? Soyons franc... Tout au plus puis-je
me dire : Je l'ignore !

L'émotion de Henri était si forte que je
n'osais intervenir dans cette lutte qui se
livrait au fond de lui-même. Je me con-
tentais de prier Dieu qu'il l'aidât. Je savais
que Henri avait été élevé par une mère
chrétienne; l'ambition, les préjugés à l'ordre du jour, avaient endormi la foi dans
son âme; mais ils ne l'en avaient pas
chassée, du moins je l'espérais. Je demandais à Dieu qu'il la lui rendît tout
entière, cette foi sans laquelle il était perdu!

Il alla s'accouder sur la fenêtre. Le ciel
était si beau, il avait devant lui un si magnifique horizon, un horizon si reposant,
que je me sentis soulagée, quand je le vis
là, en face de la nature, à cette heure solennelle. Henri a le sens du beau très-dé-
veloppé; les âmes d'artiste trouvent dans
la contemplation des œuvres de Dieu mille
moyens de salut qu'une âme vulgaire n'y

trouve pas. Voilà ce que je me disais, et je priais.

Enfin il poussa un grand soupir et revint à moi. J'attendais avec une inexprimable anxiété ce qu'il allait me dire; car, je le sentais, sa décision devait être prise.

— C'en est fait, me dit-il, Marie, je me résigne! Ah! ce n'est pas sans effort que je plie ainsi ma volonté devant une volonté supérieure! Cet avenir décoloré que je vois devant moi, il est si différent de l'avenir brillant que j'avais rêvé! Et pourtant, il n'y a point à en douter, Dieu veut que je l'accepte! Je ne peux avoir le repos, je ne peux retrouver l'espérance... — quelle espérance lointaine! — je ne peux vous rendre heureuse qu'à cette condition de me soumettre à ma destinée, si dure qu'elle me soit : eh bien! je me soumets!

J'étais trop émue pour répondre; je serrai doucement la main qui m'était présentée, et ne pus dire à Henri que ces mots :

— Henri, Dieu vous aidera!

Cette première joie fut, peu de temps

après, suivie d'une autre, une joie complète cette fois.

Henri faisait de visibles efforts pour se consoler lui-même; il ne fuyait plus ma société; tout au contraire, il la recherchait. Une après-midi, il m'emmena dans le vaste parc qui s'étend sur le coteau, derrière la maison. Tout en conversant doucement ensemble, nous nous trouvâmes en face d'un épais fourré.

— Autrefois, me dit Henri, il y avait là une allée.

En parlant ainsi, il pénétrait dans le fourré, et, me tenant par la main, il me forçait doucement à le suivre.

Lorsque nous eûmes fait cent pas environ, nous arrivâmes à une clairière, au fond de laquelle on voyait une grotte; le seuil en était tapissé de mousse et de plantes sauvages.

Henri les écarta de la main et me fit pénétrer avec lui dans la grotte. On voyait que cet endroit avait dû jadis servir d'oratoire. Au fond, un autel, sur lequel se trouvait un crucifix, entouré de candé-

labres et de vases, encore garnis de fleurs,
fanées depuis longtemps.

A droite de l'autel, un prie-Dieu de

Arrivée à la grotte.

chêne; en face du prie-Dieu, une statue de
la sainte Vierge, et, lui faisant pendant
de l'autre côté, une statue de saint Joseph.

Tous ces objets et la grotte elle-même
avaient souffert de l'intempérie des saisons.
Bien des années avaient dû s'écouler,
depuis qu'une main pieuse avait orné pour
la dernière fois ce lieu de prière.

— C'est ici que mon oncle se retirait
l'après-midi, me dit Henri d'une voix
attendrie. Quand vous lirez son journal en
entier, vous verrez qu'il y parle souvent de
cette grotte.

Tout en m'adressant ces paroles, Henri
examinait la muraille avec attention :

— Voici! dit-il enfin.

— Quoi donc?

— Une date; elle était tout particu-
lièrement chère à mon oncle. Henri me
montrait du doigt ces mots gravés en
grosses lettres presque effacées sur la
pierre molle de la grotte : 8 septembre 184...

— Quel souvenir cette date rappelait-elle
à votre oncle? demandai-je.

— Un souvenir tout religieux. Jus-

qu'alors, dit-il dans son journal, il avait
vécu ici en proie à une tristesse affreuse.
Tour à tour, il était abattu, au point qu'il
pleurait, lui si courageux et si fier! A cet
affaissement succédaient des moments
d'exaltation telle, qu'il craignait d'en venir
un jour à trahir la parole donnée à sa mère,
à se tuer. A la date marquée ici, le 8 septembre, il était dans une période de colère
furieuse. Une vieille femme, une pauvresse, lui ayant, sur la route, demandé
l'aumône, mon oncle, très-compatissant
d'ordinaire, la renvoya rudement. A peine
avait-elle fait cent pas, il se repentit de sa
dureté, et, courant après elle, il l'amena au
château, la fit entrer dans sa chambre; là,
il écouta la longue histoire des chagrins de
cette femme. Elle avait été terriblement
éprouvée, si fort que mon oncle, qui se
croyait le plus malheureux des hommes,
reconnut en l'entendant qu'il se trompait :
il y avait au moins un être en ce monde
qui pouvait se dire plus malheureux que
lui, c'était cette vieille femme qu'il avait
sous les yeux!

— N'avez-vous jamais eu l'idée d'en finir? lui demanda mon oncle.

Cette pensée l'obsédait; il croyait que les malheureux devaient être tentés, comme lui, de se délivrer de leurs maux par une mort volontaire.

— Me tuer? s'écria la pauvresse. Eh! Monsieur, vous n'y pensez pas! Qu'est-ce que les misères de cette vie, auprès des supplices de l'enfer? Et c'est là qu'on va tout droit, quand on se tue. Me tuer? répétait-elle avec épouvante, nenni, jamais! j'aime bien mieux souffrir.. C'est dur de souffrir! Mais une souffrance passée, c'est une si bonne chose! Chaque douleur, supportée comme il faut, c'est, on peut se le dire, une pièce de plus ajoutée au trésor avec lequel on achétera le Ciel!

A ce mot, le visage de la vieille femme s'éclairait d'une indicible espérance.

Mon oncle s'entretint avec elle long-temps encore; il avait là sous les yeux un spectacle qui absorbait toute son attention, celui d'une âme heureuse, malgré sa souffrance, heureuse même de souffrir!

A partir de ce jour, ses réflexions, ses lectures, prirent une direction nouvelle· Il pressentit que la foi lui rendrait le repos ; il ouvrit à ce sujet son âme à sa mère. Peu de temps après, survint un événement qui le mit à deux doigts de la mort. Ma tante vint le soigner. Avec l'aide de Dieu, elle l'amena enfin où elle voulait. Mon oncle ne résista point à l'appel de la grâce : il redevint chrétien.

— Et vous, Henri, ne le redeviendrez-vous pas ?

Henri gardait le silence.

— Eh bien! repris-je, permettez-moi de demander à Dieu, moi aussi, qu'il vous aide!

Ce disant, je me mis à genoux. J'étais si émue, si affligée, que, tout en priant, je pleurais. Bientôt même, il ne me fut plus possible de parler, je pleurais trop. Mais pleurer, c'est prier encore. Je restai longtemps absorbée dans cette suplication silencieuse. Avec quelle force je représentais à Dieu le double malheur de mon mari : un coup terrible lui enlevait tout ce sur quoi il s'était appuyé jusqu'alors, et il n'avait pas la foi pour le soutenir! Je demandais instamment à Dieu de la lui donner.

Quand enfin je me relevai, je vis Henri agenouillé près de moi. Un reste de respect humain le fit rougir. Mais, l'expression de sa physionomie me l'attestait, il avait, lui aussi, prié du fond de son âme.

Nous rentrâmes au château presque sans mot dire. Quand nous fûmes seuls, Henri me fit asseoir près de lui, et, me serrant la main :

— Marie, me dit-il, au-dessous de la date que je vous montrais tantôt, nous en inscrirons une autre, celle d'aujourd'hui ! Accepter stoïquement son épreuve, ce n'est point assez. Pour la porter sans faiblir, il faut croire, comme mon oncle le croyait, que l'épreuve est une grâce, qu'elle nous doit être utile. Pour en venir là, il faut être chrétien. Priez pour moi, Marie : j'espère que je le deviendrai.

Dieu soit béni ! il l'est.

Je n'ai pas besoin d'ajouter le reste, ma chère tante, vous le devinez.

Henri et moi, nous sommes, dans notre situation nouvelle, une situation désolante en apparence, bien plus près du bonheur que nous ne l'étions aux jours où il semblait que nous étions heureux déjà.

Alors, nos âmes étant en continuel désaccord, nos joies mêmes étaient empoisonnées. Aujourd'hui, nos deux âmes, unies sous la croix, se réjouissent, même dans leur douleur, et nous avons, pour nous consoler, quand le fardeau nous paraît le plus lourd, l'espérance d'un bonheur complet et sans fin.

JEAN ERBE

LÉGENDE DU XIVᵉ SIÈCLE.

I

Par une douce soirée d'automne, — il y
a de cela bien longtemps, je l'avoue, mais
les vieilles histoires ne sont pas les moins
curieuses, — un voyageur s'avançait lentement sur la route qui conduit de Strasbourg à Drüsenheim, en longeant le Rhin.

C'était un homme dans toute la force de
l'âge. A ne regarder que sa jaquette de
drap brun, son bonnet d'une fourrure peu
coûteuse, on l'eût pris pour un simple
paysan. Mais la manière dont il portait son
costume démentait aussitôt cette suppo-
sition. Il se dressait, fier comme un guer-
rier; une indomptable énergie se lisait sur

son mâle visage, et son œil noir lançait des éclairs.

La route sur laquelle il cheminait, était bordée à gauche par une haute et sombre forêt; à droite, de vastes champs s'étendaient jusqu'au fleuve. De loin en loin, au milieu de cette plaine, on voyait s'élever des fermes, que déjà la nuit entourait de ses premières ombres.

Le voyageur considérait toutes choses d'un œil attentif; parfois, il s'arrêtait pour jeter un long regard sur les objets qui l'entouraient, et puis il reprenait sa marche, la tête baissée, comme un homme qui réfléchit.

Il était ainsi arrivé à quelques centaines de pas du village. Près de lui, s'élevait une ferme plus grande, d'un aspect plus riche que toutes les autres.

Pour arriver, en quittant la route, aux bâtiments dont se composait ce domaine, il fallait traverser une longue allée d'arbres. Le voyageur y entra. Il put, sans être remarqué, s'avancer jusqu'à un large fossé qui séparait l'allée d'une vaste cour ;

un pont-levis, en ce moment abaissé, les faisait communiquer ensemble. Au moment où l'étranger se demandait s'il allait ou non franchir ce pont, une jeune fille de vingt ans environ apparut soudain devant lui. Les arbres de l'allée l'avaient cachée jusqu'alors. Elle portait le costume simple et gracieux des riches demoiselles de la bourgeoisie, une robe de drap fin, serrée par une ceinture élégante autour de la taille.

L'œil perçant du voyageur se fixa sur elle. A mesure qu'il la regardait, son regard semblait s'adoucir. On eût dit que la vue de cette belle enfant avait donné à ses sombres pensées une autre couleur.

Cependant, l'attention même avec laquelle l'étranger la considérait, sembla déplaire à la jeune fille.

— Que désirez-vous ? lui demanda-t-elle d'une voix douce et ferme.

— Rien, répondit-il d'un ton distrait. Je reviens de Strasbourg, et je me rends chez moi, à quelques lieues d'ici... La soirée est belle, je ne suis pas pressé... Tout en cheminant, j'ai l'habitude de regarder ce qui se trouve sur ma route... Votre maison m'a paru belle j'ai voulu la voir de plus près.

Cette réponse fut faite d'un ton calme et avec une apparence de bonne foi entière. Néanmoins, la jeune fille commençait à concevoir des soupçons au sujet de cet étranger si curieux. Une circonstance particulière expliquait cette inquiétude : une vague terreur régnait alors dans le pays ; chacun y tremblait au seul nom d'un seigneur des environs. Jean Erbe, — ainsi se nommait-il, — parcourait les routes, durant la nuit, tuant et dévalisant les gens qui se rendaient à la ville ou qui en venaient. Etait-ce donc un brigand ? Non, Jean Erbe ne commettait ces crimes que pour se venger des Strasbourgeois, dont il avait, disait-il, à se plaindre.

— Si vous habitez, comme vous le dites, près de nous, reprit la jeune fille, comment se fait-il que vous ayez attendu si long-temps pour remarquer la maison de mon père ?

— Je ne suis fixé dans ce pays que depuis

quelques mois, répondit l'étranger. C'est à
peine si je connais le nom de votre famille...
Votre père n'est-il pas un des plus riches
bourgeois de la ville, un maître pelletier,
si mes souvenirs me servent bien ?...

— Non, un tanneur, le chef de sa corpo-
ration... Tout le monde connaît Fischer, à
Strasbourg...

La jeune fille s'arrêta soudain : un mouvement d'orgueil filial lui avait fait com-
mettre une indiscrétion, que déjà elle
regrettait.

Combien elle s'en fût repentie davantage si elle avait pu noter qu'en entendant prononcer ce nom, le front de l'étranger s'était rembruni ! mais aussitôt il
redonna à ses traits leur calme habituel.

—Un noble nom, dit-il d'un ton convaincu... Fischer est-il ici en ce moment?

— Oui, répondit la jeune fille avec une
impatience évidente... Du reste, comme il
me semble que vous avez d'autres questions
à m'adresser, je vais chercher mon père;
il vous répondra mieux que moi.

Ce disant, elle s'en alla.

L'étranger resta quelques instants immobile, séduit par la grâce et la fierté de celle qui venait de le quitter. Mais bientôt il releva la tête, et, ne jugeant pas à propos d'attendre l'arrivée de Fischer lui-même, il s'éloigna d'un pas précipité. Il faisait nuit déjà; l'inconnu rejoignit, sans que nul le vît, la grande route. Arrivé au pied d'un chêne énorme, il s'arrêta, tira de son vêtement un petit cornet métallique, qu'il approcha de ses lèvres. Un sifflement aigu retentit au milieu du silence du soir; à peine le dernier appel avait-il résonné, un cavalier sortit de dessous le feuillage; il était revêtu d'une cotte de mailles et tenait en laisse un grand cheval noir. L'étranger saisit l'animal par la crinière, s'élança d'un bond sur son dos et disparut au galop, suivi de son compagnon.

Quelques instants après, le silence et la solitude régnaient de nouveau dans ces lieux; on voyait seulement errer au loin quelques torches. C'étaient celles des gens que Fischer avait envoyés à la recherche du mystérieux personnage dont il ne pouvait s'expliquer les allures inquiétantes.

II

Combien eût redoublé le trouble de Fischer s'il avait pu découvrir que l'homme avec lequel sa fille venait de s'entretenir, c'était..... Jean Erbe lui-même, Jean, l'ennemi déclaré de Strasbourg, et surtout de ses magistrats!

Voici en quelques mots les causes de cette animosité profonde. Au xive siècle déjà, c'était un titre glorieux que celui de bourgeois de la ville libre. Les habitants de la vallée du Rhin l'ambitionnaient comme ceux des anciennes villes d'Italie ambitionnaient jadis le droit de cité romaine. Le père de Jean Erbe avait obtenu ce titre, en récompense de services rendus par lui à la ville. Son fils en était fier, bien qu'il affectât d'y attacher peu d'importance.

Or, il arriva cette année-là, en 1384, si je ne me trompe, que les magistrats de Strasbourg résolurent d'expulser de la nombreuse confrérie des bourgeois un certain nombre de membres qui s'étaient rendus

indignes d'y figurer; les uns, parce qu'ils
ne remplissaient pas les charges que ce titre imposait, les autres, parce qu'ils avaient
commis quelques mauvaises actions. Ordre fut donc donné à tous les bourgeois
de Strasbourg, nobles et rotu1iers, de
se présenter devant les chefs de la cité
pour faire vérifier leurs titres et les voir
confirmer ou annuler, selon qu'ils l'auraient mérité.

Jean Erbe, dont la fortune était modeste,
vivait alors retiré dans son château de
Herlisheim. Ce fut là qu'il reçut la som-
mation commune.

Si le patrimoine de Jean était étroit, son
orgueil était énorme.

— Hé quoi ! s'écria-t-il, ces pelletiers,
ces tanneurs, osent m'ordonner de com-
paraître devant eux !.... Moi, fils d'un
homme qui leur a rendu service, moi,
dont la noblesse remonte à dix générations !
. Et qu'ont-ils donc à me demander ?.... Si
je suis digne de figurer dans leur société ?..
Plaisante question ! comme si ce n'était pas
à eux de me remercier pour l'honneur que

je leur fais, en tolérant qu'ils inscrivent
mon noble nom sur le même livre que les
leurs !.... Jacques, dit-il à son secrétaire,
ces petites gens ont perdu la tête.... Fais-
leur savoir que Jean Erbe ne se déplacera
pas pour obéir à leurs caprices.

Le docile Jacques prit la plume, et, de
sa plus belle main, il écrivit aux magistrats de Strasbourg une lettre de refus
passablement insolente.

Au reçu de l'arrogante missive, le sénat,
indigné, décida que le nom de Jean serait immédiatement rayé de la liste des
bourgeois. Pour que le châtiment fût
exemplaire, on interdit à Jean de franchir
les portes avant dix années révolues.

Lorsqu'il connut ce double arrêt, Jean
entra dans une colère terrible. Il ne parlait
de rien moins que de former un bataillon,
composé de gens sans aveu qui marau-
daient à vingt lieues à la ronde, et d'aller
saccager avec eux la ville. Mais l'argent lui
manquait, et l'audace peut-être. Cette première explosion de fureur se calma peu
à peu. Renonçant alors à une éclatante ven-

geance, Jean se promit du moins de faire payer à la ville, en détail et chèrement, la double insulte qu'elle lui avait faite.

Des gens envoyés par lui dans les environs, y recrutèrent un certain nombre d'hommes prêts à tout oser. Le château de Herlisheim devint le repaire de ces bandits ; on prépara le donjon, on agrandit les fossés. De temps en temps, sous la conduite du chef ou de l'un des siens, une petite troupe allait traîtreusement attendre, pour les molester, les Strasbourgeois attardés sur les routes.

Ces actes de vengeance sournoise excitèrent contre Jean une indignation chaque jour plus grande. Mais lui, toujours emporté par sa fureur, il prenait goût à ce métier de brigand. Peu à peu, ces méfaits isolés ne lui suffirent même plus. Quelques nouvelles recrues s'étant jointes à ses anciens compagnons, il résolut de se venger d'une manière plus éclatante, en tentant un coup de main hardi sur l'une des riches métairies strasbourgeoises qui se trouvaient à proximité de son château.

Mais tout d'abord, il voulut explorer lui-
même le pays, pour y choisir sa proie tout
à son aise. Tel était le motif de la course
qu'il faisait, au moment où nous vous l'a-
vons montré, s'avançant seul et déguisé
sur la route de Drüsenheim.

Par un regrettable hasard, il se trouva
que la maison de Fischer était précisément
celle qui devait le plus raviver sa rancune.
L'acte de bannissement était signé de ce
nom, Jean Erbe s'en souvenait! Ceci explique le mouvement de colère qu'il ne put
réprimer, lorsque la fille du bourgeois
avait prononcé devant lui le nom de son père.

Et pourtant, lorsque Jean rentra ce soir-
là dans son château, deux sentiments tout
opposés se partageaient son âme et la je-
taient dans un trouble difficile à décrire.

Il était heureux de penser que bientôt il
ajouterait une nouvelle page à l'histoire des
représailles qu'il exerçait contre la ville.
Mais l'image de la fille de Fischer était res-
tée gravée dans la mémoire de Jean. Il lui
en coûtait de penser que, pour se venger du
père, il lui faudrait affliger la fille. Il l'avait

vue si belle, elle lui avait paru si vertueuse,
que, violemment tenté de faire une chose qui
allait la mettre en deuil, Jean hésitait. Longtemps il se promena dans la vaste salle où
il se tenait solitaire; il cherchait un moyen
de concilier son désir de vengeance et
la pitié soudaine qu'il éprouvait pour
Marie.

Enfin, il crut l'avoir trouvé, ce moyen.

— Appelle Frédéric, dit-il au garde qui
se tenait à la porte.

Frédéric arriva aussitôt. C'était un beau
jeune homme de dix-huit ans. Sa mère,
sœur de Jean, avait épousé un vieux seigneur qui demeurait de l'autre côté du Rhin.
Veuve depuis quelques années, elle avait
envoyé son fils chez son frère, pour qu'il se
formât, sous sa direction, dans le métier
des armes. La bonne châtelaine le mettait à
une triste école; mais elle croyait Jean
meilleur qu'il n'était.

Frédéric, compagnon et confident de Jean,
ne put se soustraire entièrement à l'influence dangereuse que son oncle exerçait
sur lui. Toutefois une détestable éducation

ne saurait vicier entièrement une belle nature; Frédéric était resté aimant et géné-
reux. Sous la rude écorce de ce jeune bandit,
un œil exercé eût découvert les qualités
qui, bien cultivées, auraient fait de lui un
honnête et vaillant chevalier.

— Frédéric, lui dit Jean, nous avons assez tué de Strasbourgeois sur les routes.
L'heure de ces faciles vengeances est passée; je veux effrayer la ville par des coups
terribles..... Elle a dédaigné mon amitié :
elle tremblera devant ma haine... Cette nuit
même, un de ces fiers bourgeois va en
éprouver les effets. Nul ne devait, du reste,
être frappé avant lui; c'est lui qui a signé
l'acte dont chaque mot sera payé par la
mort d'un homme. Qu'on se tienne prêt
pour dix heures! Nous irons piller sa métairie, et lui-même en sera témoin : il y est,
je le sais.

Frédéric allait sortir : Jean l'arrêta d'un
geste et ajouta, non sans quelque embarras :

— Ce Fischer n'est pas seul dans sa maison; sa fille l'habite en ce moment avec

6

lui. On s'assurera de l'un et de l'autre, mais je défends qu'il leur soit fait aucun mal.

Frédéric sortit. Un quart d'heure après, une troupe bien armée attendait Jean dans la cour du château. Il parut, armé de pied en cap, et donna le signal du départ. Il marchait en tête; Frédéric s'avançait à côté de lui, sans oser lui adresser la parole.

Ils cheminaient depuis un temps assez long, lorsque Jean, montrant à son neveu la maison de Fischer, que la lune inondait de ses rayons :

— C'est là, dit-il. En avant! et que ce soit vite fait. Point de quartier, ajouta-t-il, sauf pour ceux que j'ai défendu de toucher. Malheur à quiconque me désobéirait !

III

Tandis que ses gens étaient occupés à la recherche de l'étrange visiteur qui avait effrayé sa fille, Fischer la pria elle-même de lui tracer de cet homme un portrait fidèle. Marie le fit du mieux qu'elle put, l'obscurité ne lui ayant pas permis d'observer Jean

comme elle l'eût fait en plein jour. Toutefois, le signalement qu'elle donna était suf-
fisant pour que Fischer reconnût à ces
traits l'ennemi de Strasbourg. Cette visite
lui inspira des craintes très-vives.

Néanmoins, il était à mille lieues de
croire que Jean fût assez audacieux pour
attaquer une ferme, habitée par des
hommes robustes et nombreux.

Quant à Marie, l'inquiétude qu'elle avait
d'abord éprouvée ne dura pas. Le lendemain était un dimanche. Chaque semaine,
son fiancé venait passer cette journée à la
métairie de Fischer. Ce jeune homme se
nommait Carl ; c'était le parent éloigné du
riche tanneur, qui, l'en voyant digne en tout
point, l'avait pris pour associé et, aux pro-
chaines fêtes de Noël, allait lui donner sa
fille en mariage.

La soirée se passa donc tranquillement,
et tout dormait depuis longtemps d'un
sommeil paisible et profond, quand ce
sommeil fut brusquement interrompu par
les aboiements des chiens, qui donnaient
l'alarme de plusieurs côtés à la fois.

Fischer n'avait pas encore eu le temps de
se vêtir, lorsqu'il entendit un épouvantable
tumulte du côté de la ferme. Les portes
retentissaient sous les coups des haches;
ce n'étaient que cris, imprécations, auxquels succéda bientôt un silence tout plein
d'angoisses.

Fischer avait ouvert la fenêtre et s'y
tenait debout, ayant à ses côtés sa fille.
Cinq hommes se dirigèrent de ce côté et
se mirent à ébranler la porte. Fischer,
s'étant muni des armes qu'il put trouver,
se préparait à défendre courageusement sa
vie; Marie elle-même serrait fiévreusement
dans sa main une petite hache.

La porte céda sous les coups des en-
vahisseurs; les deux premiers qui se présentèrent roulèrent à terre, blessés à mort.
Jean Erbe marchait derrière eux avec son
neveu. Fischer le reconnut; aussitôt il se
précipita sur lui et, d'un coup de barre de
fer, vigoureusement asséné sur la tête, il le
fit rouler sur le sol. Deux bandits qui arrivaient crurent que leur maître était tué et
se hâtèrent de le venger. Avant donc que

Jean Erbe, qui n'était qu'étourdi, eût pu les arrêter, ils avaient blessé Fischer à l'épaule.

Bien que sa courageuse fille essayât de lui faire de son corps un rempart, les meurtriers allaient l'achever ; mais Jean s'était relevé. Sa voix redoutée se fit entendre :

— Arrêtez, s'écriait-il, ou je vous tue ici-même !

Les assassins s'éloignèrent.

Un quart d'heure plus tard, la bande retournait à son repaire. Elle emmenait avec elle Fischer et sa fille. On les avait placés sur une même voiture. Marie s'efforçait d'atténuer les souffrances de son malheureux père. A cheval près d'elle, un jeune homme lui murmurait à demi-voix des paroles d'espoir. Ce jeune homme, c'était Frédéric, le neveu de Jean. La douleur de Marie le touchait à ce point que, pour la consoler, il eût bravé son oncle lui-même.

Bientôt on entra dans la sombre cour du château. Jean, qui, pendant la route, avait tenu la tête de la colonne, s'avança pour aider Marie à descendre de voiture. Elle le repoussa d'un geste empreint d'horreur et fit signe à Frédéric de s'approcher.

Quand elle fut à terre :

— Qu'allez-vous faire de nous ? lui demanda-t-elle. Est-ce pour l'achever que vous avez fait amener ici mon père ?....

Ce mâle courage plut à Jean.

— Non, répondit-il ; j'avais défendu qu'on lui fît aucun mal. Pourquoi m'a-t-il attaqué ?

Si irritée qu'elle fût contre Jean, Marie comprit qu'il ne fallait pas exaspérer ce terrible vainqueur ; elle se dit que le plus prudent, c'était de faire appel aux sentiments d'honneur qui pouvaient encore subsister en son âme.

— S'il est vrai, dit-elle, que mon père ait été frappé contre votre volonté, prouvez-le-moi en me permettant de rester auprès de lui et de le soigner.

— Telle est mon intention, dit Jean.

Fischer fut aussitôt transporté dans une vaste salle, où l'on posa un premier appareil sur ses blessures. Elles se trouvèrent moins graves qu'on n'aurait pu le craindre.

Jean, quoique blessé lui-même, avait suivi ses captifs. Selon son habitude, il gardait un sombre silence; mais son regard profond se portait tour à tour sur le père et sur la fille. Si la présence de Marie ne l'eût point arrêté, avec quelle joie cruelle il aurait tué le vieillard! Mais non, Marie était là! En la considérant, Jean, tout mauvais qu'il était, se rappelait sa jeunesse : il revoyait sa pieuse mère, dont il avait si mal suivi [es conseils; il revoyait sa sœur, tendrement aimée, belle, vertueuse comme Marie, et morte toute jeune encore, et, malgré lui, l'âme de ce bandit s'adoucissait, il éprouvait une compassion sans cesse croissante, il avait presque des remords!

Pour se soustraire à ces sentiments qui le gênaient, il s'en alla.

Quand il fut parti, Marie respira plus à l'aise. Mais durant toute cette nuit, le sommeil ne ferma pas ses yeux. Qu'allait-elle, en effet, devenir, que deviendrait son père, si la Providence ne les délivrait pas des mains de cet homme, avant que ses instincts féroces reprissent le dessus?

IV

Le lendemain, au moment où le soleil
levant commençait à dépasser les sommets
de la Forêt-Noire et lançait ses premiers
rayons sur la vallée du Rhin, un jeune
homme, à l'air jovial et franc, s'acheminait
au trot de sa monture sur la longue route
qui conduit de Strasbourg à Drüsenheim.
Doucement bercé par l'allure nonchalante
de sa vieille jument, il fredonnait une
chanson joyeuse, qui charmait pour lui
les ennuis de la solitude. Ce matinal voyageur, c'était le fiancé de Marie.

Enfin il aperçut la ferme et la grande
allée de chênes, déjà jaunissante, mais ma-
jestueuse et belle encore. Cependant aucun
bruit ne frappait son oreille; son œil n'aper-
cevait personne. Il comptait voir Marie venir avec son père à sa rencontre. Leur ab-
sence l'inquiéta. Aussi, pressant le pas de
son cheval, il le lança au grand trot dans
l'allée.

A peine en avait-il franchi la moitié, il
vit les portes brisés, et toutes choses en
un tel désordre, qu'il recula d'effroi. Quand

il pénétra dans la maison où Fischer avait couché la veille, une terreur indicible s'empara de lui; les cadavres des domestiques, étendus sur le sol, les armoires défoncées : tout lui fit supposer qu'une bande de brigands avait assassiné ceux qu'il croyait trouver joyeux et pleins de vie.

Il s'élança vers la demeure du fermier, pour s'y informer de l'horrible vérité, se demandant s'il trouverait quelqu'un qui pût la lui dire. Ce ne fut pas sans peine qu'il découvrit quelques femmes et des enfants blottis derrière des tas de paille dans un grenier. Ces pauvres gens lui firent en pleurant le récit de ce qui s'était passé, la veille. Au milieu de tant d'horreurs, une circonstance donna pourtant à Carl une faible consolation : Marie vivait encore et Jean avait paru la traiter avec quelques égards. Quant à Fischer, on le croyait blessé mortellement; il ne pouvait ni parler ni remuer quand on l'emporta.

En écoutant cet affreux récit, Carl était si indiciblement ému que, quand les femmes se turent, il resta quelque temps sans pouvoir

changer de place ni prononcer une parole..
Enfin la raison et le courage lui revinrent.
Résolu de tout tenter pour sauver ceux
qu'il aimait, il s'élança sur un cheval qui
paissait en liberté dans la prairie et reprit au
grand galop la route de Strasbourg:

Deux heures plus tard, il arrivait sur la
Pfaltz (1). En ce moment, la foule la tra-
versait pour se rendre à la messe. La sueur
qui couvrait le cheval, la physionomie bou-
leversée du jeune homme attirèrent tous
les regards. Mais lui, sans se préoccuper
de l'attention dont il était l'objet, continua
sa course jusqu'à la porte du grand bâti-
ment qui était alors le centre de la vie politique dans la cité. Quelques-uns des princi-
paux magistrats s'entretenaient sous le
portail. Carl les mit en peu de mots au courant de ce qui s'était passé.

Par l'ordre de l'Ammeister (2), le toscin
fut aussitôt mis en branle. A cet appel solennel la ville tout entière fut en émoi, et l'on
vit accourir au palais du gouvernement

(1) On nommait ainsi la place de l'Hôtel de ville.
(2) Le principal magistrat, le maire de la ville libre.

les magistrats, les bourgeois, tandis
que la foule s'amoncelait aux alentours,
anxieuse, impatiente de savoir quel malheur menaçait la cité.

Peu d'instant après, le conseil étant réuni
dans la grande salle, Carl fit à la noble
assemblée le récit de ce qui s'était passé.

Quand on apprit le nouveau crime de Jean
Erbe, quand on sut que sa main audacieuse
s'était portée sur l'un des hommes les plus
estimés de Strasbourg, un cri d'indignation
et de fureur sortit de toutes les poitrines :
tous s'écrièrent qu'il fallait sur-le-champ
rassembler les milices de la ville, marcher
contre le repaire du bandit, lui arracher sa
proie et tirer de lui une vengeance exemplaire.

V

Que faisait, durant ce temps, la belle et
triste captive, dans le château de son ravis-
seur? A genoux près du lit de son père, qui
dormait, accablé de faiblesse et de fatigue,
Marie priait Dieu pour lui et pour elle, puis
se levait et allait jeter par la fenêtre entr'ou-

verte un regard anxieux sur cette campagne, où pas un défenseur ne se montrait
encore. Les sons lointains d'une cloche
frappèrent son oreille; elle se mit à pleurer!
Hélas! à cette heure même, elle aussi, avec
son père et son fiancé, elle eût dû se mêler
à la foule pieuse qui se dirigeait vers
l'église... Mais non, la voix des bandits,
qui chantaient dans la cour, lui rappelait
la triste réalité dans toute son horreur...

Tout à coup, la porte de la salle s'ouvrit.
Jean lui-même apparut. Sa figure pâle et
énergique était éclairée par un rayon de
bonté, qui parut à Marie d'un favorable
augure.

— Est-il plus malade? demanda Jean,
en s'approchant du lit de Fischer.

Marie fit un signe de tête négatif; Jean
l'emmena vers la fenêtre.

— M'accusez-vous encore de l'avoir tué?
dit-il.

— Non, répondit-elle.

— Croyez-le, continua Jean, je tenais
même à ce qu'il ne fût pas blessé; j'y tenais,
à cause de vous N'est-ce pas assez, du reste,

pour moi de vous tenir entre mes mains ?
Je montre ainsi à votre orgueilleuse ville ce
que je peux; elle ne m'insultera plus, je
l'espère !

Marie frissonna.

— Je vous fais peur ? demanda Jean
d'une voix plus douce.

— Oui, répondit-elle.

— Je le comprends !

Jean baissa la tête et se tut. La grandeur
du crime qu'il avait commis, les dangers
auxquels ce crime l'exposait, le préoccu-
paient. Ce n'est pas tout. En ces siècles de
foi, les mauvais eux-mêmes croyaient encore. Jean se sentait bien coupable ! Que de
fautes dans sa vie ! Ces fautes, jamais il ne
les avait aussi bien comprises que depuis
la veille. En présence de cette jeune fille,
si belle, si vertueuse, si malheureuse, malheureuse parce qu'il le voulait, Jean était
troublé à un point dont il s'étonnait lui-
même.

Sortant enfin de son silence, il s'entretint à voix basse avec sa captive. Il lui
parla de sa jeunesse, de sa sœur, de sa

mère, et je ne sais quelle indicible émotion
faisait trembler sa voix : était-ce le repentir,
la compassion, l'amour? C'étaient, je crois,
tous ces sentiments divers; mais le respect
les dominait tous; tant il est vrai que la foi,
la vertu, le malheur mettent au front de l'être
le plus faible une majesté telle qu'elle sub-
jugue les hommes les plus durs.

Jean se retira, avant que le vieillard fût
sorti de son lourd sommeil. La journée se
passa presque tout entière sans qu'il revînt.
Il ne reparut que vers le soir. Un nuage
obscurcissait son front. Ses espions
l'avaient averti des préparatifs formidables
que, dès le matin, Strasbourg faisait contre
lui. Jean s'attendait à être attaqué le lendemain, et déjà il désespérait de la victoire.

— Fischer, dit-il au vieillard, vous sentez-vous assez fort pour supporter le voyage
de Strasbourg?

— Oui, répondit Fischer; si malade que
je sois, j'ai hâte d'y rentrer.

— Vous le pouvez dès cet instant, si
vous acceptez les deux conditions que je
mets à votre départ : vous direz à vos or-

gueilleux concitoyens que je m'engage à les laisser désormais en repos, pourvu que, de leur côté, ils promettent de me rendre mon titre et d'oublier le passé. Comme gage de votre exactitude à remplir ce message, j'entends que vous laissiez ici votre fille.

A ces mots, Marie pâlit.

— S'il ne s'agissait que de moi, dit Fischer, par amour pour Dieu, je pourrais vous pardonner le mal que vous m'avez fait, et, en vérité, je vous le pardonne... Mais Strasbourg ne peut agir de même : la mort de ceux que vous avez tués ne saurait rester impunie. Strasbourg doit les venger, sous peine de se couvrir de honte. Je n'ai qu'une chose à vous offrir, c'est d'intercéder en votre faveur pour que la punition soit moins rigoureuse.

Jean sortit sans dire un mot, laissant les deux captifs sous le coup d'une inquiétude extrême.

A peine avait-il quitté la salle, un messager vint lui annoncer que les Strasbourgeois, sans attendre le lendemain, s'étaient

mis en marche, à la nuit tombante. Ils seraient là dans une heure!

Jean appela son neveu et s'enferma seul
avec lui. Quand ils se quittèrent, le sort des
deux captifs était décidé. Frédéric était
chargé de leur faire connaître les ordres
du maître et de veiller à ce qu'on les exé-
cutât.

Il alla aussitôt les trouver. Son oncle
le lui ayant interdit, il n'avait pas osé
leur dire un mot depuis la veille.

Quand Frédéric entra dans la vaste salle
où Fischer et Marie se trouvaient, une si
grande tristessse était répandue sur ses
traits que Marie frissonna.

— Je suis chargé d'une cruelle mission,
dit-il. Mon oncle m'a donné ordre de vous
conduire dans les souterrains du château.
Rassurez-vous, ajouta-t-il en voyant l'effroi
de Marie. Je veillerai sur vous.

La jeune fille était, malgré tout, si tremblante que Frédéric pleurait presque en la
regardant.

— L'heure de la délivrance est peut-être
plus proche que vous ne pensez, lui dit-il à

voix basse ; les Strasbourgeois arrivent!
Qui sait ce qui va se passer?

VI

Les ordres de Jean avaient été accomplis
à la lettre : Marie et son père, renfermés
dans une salle souterraine, y attendaient,
en proie à une inquiétude extrême, que la
Providence les arrachât des mains de leur
ennemi.

A quel horrible effroi cette inquiétude
eût fait place, si leur œil avait pu pénétrer
derrière la porte qui s'était refermée sur
eux. La présence du danger avait rendu à
Jean Erbe toute sa férocité passée. Un bandit, debout à l'entrée du souterrain, était
chargé de poignarder les deux captifs, si la
fortune se tournait contre son maître....

Cependant la nuit était venue. Les rayons
de la lune, filtrant à travers une étroite fenêtre, éclairaient seuls le cachot. Un léger
bruit se fit entendre du côté de la muraille
qui faisait face à la porte d'entrée. Une
autre porte, habilement dissimulée, glissa
lentement sur ses gonds. Frédéric parut.

Un doigt sur les lèvres, en signe de mé-
fiance, il invita Marie à approcher de lui.

— Les Strasbourgeois sont là ! lui dit-il
à voix basse ; l'attaque va commencer.
Lorsque le bruit qui se fera de toutes parts
vous annoncera que le combat est engagé
sérieusement, fuyez d'ici, par cette porte
que je vais laisser entr'ouverte. Un chemin
obscur, mais sans danger, vous conduira
dans la campagne. Suivez-le, puis, sortie
du château, cachez-vous jusqu'à ce que
vos amis puissent venir à votre secours....

— Mais mon père ne pourra m'accompagner, murmura Marie.

—Emmenez-le, reprit vivement Frédéric,
et il disparut en répétant d'un ton plus
pressant encore : Emmenez-le !

En effet, déjà les milices strasbourgeoises se préparaient à attaquer le repaire du
bandit. Carl marchait au premier rang,
inquiet, agité, tremblant d'arriver trop tard.

Les sombres murailles du château, toutes
garnies de sentinelles, les ponts-levis partout levés, tout annonçait que Jean était
sur ses gardes.

Le combat commença sur-le-champ;
les portes furent ébranlées par de puis-
santes machines; les échelles, appliquées
au mur; et les Strasbourgeois s'élancèrent
à l'assaut.

Les assiégeants étaient nombreux et
braves ; mais les assiégés, auxquels le
désespoir donnait un indomptable courage,
profitaient habilement de tous les avan-
tages de leur position. Les Strasbourgeois,
accueillis avec fureur, lorsqu'ils arrivaient
au haut des échelles, roulaient dans les
fossés et commençaient à désespérer du
succès. Soudain un cri de terreur et de rage
retentit au sein même de la place, et
aussitôt le découragement sembla s'emparer de ceux qui défendaient les murs.
Que leur était-il donc arrivé?

Fidèle à la recommandation que Frédéric lui avait faite, Marie, dès qu'elle comprit que le combat était engagé de toutes
parts, détermina son père à s'engager avec
elle dans l'étroit et sombre couloir.

Appuyé sur le bras de sa fille, le vieillard
se traîna jusqu'en dehors du souterrain.

Là, ses forces l'abandonnèrent : il tomba, épuisé de fatigue.

Il y eut pour Marie un moment de cruelle angoisse. Devait-elle rester avec son père, exposée à la fureur de leurs ennemis ?..., Pouvait-elle l'abandonner pour aller chercher un secours incertain?

Lui-même la supplia d'agir ainsi, et elle partit... A cent pas de là, elle arriva à un épais massif d'arbres.

Frédéric ne l'avait pas trompée : l'obscur l'obscur sentier l'avait amenée hors du château, mais en un lieu tel que nul ne pouvait la voir.

Marie rassembla tout son courage, et, sans être aperçue, elle s'avança jusqu'à un groupe de Strasbourgeois qui se reposaient un moment, pour retourner à l'assaut.

Reconnue aussitôt, elle leur dit par quelle voie mystérieuse elle avait pu arriver jusqu'à eux; elle les supplia de venir avec elle au secours du vieillard abandonné. On s'empressa de la suivre. Une vingtaine d'hommes, guidés par l'intrépide jeune fille, arrivèrent auprès de Fischer, au moment où le vieillard allait périr sous les coups du bandit que Jean Erbe avait laissé maître de son sort......

Fischer sauvé, le bandit immolé avant qu'il eût pu jeter l'alarme, les Strasbourgeois n'hésitèrent pas : ils s'élancèrent à travers les escaliers, les corridors et arrivèrent jusqu'à la cour principale. Leur brusque apparition terrifia Jean Erbe et ses hommes. Ils se crurent trahis, et, tandis qu'ils hésitaient, ne sachant que faire, les Strasbourgeois, informés de ce qui se passait, escaladèrent les murailles.

Une heure plus tard, la bannière strasbourgeoise flottait victorieuse sur les murs de celui qui l'avait insultée. Jean et les siens, étroitement enchaînés, furent aussitôt dirigés vers la ville. Quant à Fischer, quant à sa fille, qui pourrait peindre leur joie? Elle n'avait d'égale que celle du brave fiancé de Marie. Debout près d'elle, trop ému pour parler, il remerciait Dieu et savourait silencieusement son bonheur.

Et Frédéric, que devint-il? Dès le premier instant, Marie s'était souvenue de ce

7.

qu'il avait fait pour son père et pour elle. Elle demanda et obtint qu'on lui permît de retourner près de sa mère.

— Ne la quittez plus et suivez ses conseils, lui dit Marie.

— Je vous le promets, répondit Frédéric.

Le son de sa voix et l'air de sa physionomie montraient clairement qu'il voulait en effet redevenir un honnête homme.

Jean Erbe fut autrement traité; il le méritait.

Son procès se fit peu de jours après : une forte amende, un long exil, les fortifications de son château renversées, telles furent les punitions sévères que la ville lui infligea. Strasbourg apprenait ainsi à tous les seigneurs tentés de l'imiter que l'on devait respecter une cité assez forte, assez courageuse pour défendre ses droits.

LA FILLE D'UN MILLIONNAIRE

C'étaient deux bonnes et pieuses filles
que Mlles Leroy. Feu leur père, M. Jean-
Baptiste Leroy, notaire à B., leur avait laissé en mourant une jolie fortune.

Ni l'une ni l'autre, quand il mourut,
n'avaient dépassé la trentaine; elles auraient donc pu se marier, tout aussi bien, et
mieux, que la plupart de leurs compagnes.
Elles préférèrent rester vieilles filles; elles
gardaient ainsi le droit de vaquer tout à
leur aise à leurs pratiques de dévotion, à
leurs bonnes œuvres. Joignez à cela qu'elles
s'aimaient tendrement et ne voulaient pas
se séparer l'une de l'autre.

La maison qu'elles habitaient était, sinon
l'une des plus belles, au moins l'une des
plus agréables de la ville. Leur intérieur
était confortable, je dirais presque coquet.
Du reste, on ne les voyait jamais dans le
monde, rarement elles paraissaient à la

promenade ; elles ne sortaient de chez elles
que pour se rendre à l'église ou chez les
pauvres. Elles eussent été, en un mot, par-
faitement heureuses, trop heureuses même,
— le bonheur complet est dangereux, — si
elles n'avaient eu, elles aussi, leur épreuve.
L'une d'elles, l'aînée, était d'une santé très-
frêle, elle souffrait sans cesse ; sa sœur souffrait de la voir souffrir, et, douleur plus
cruelle, craignait chaque jour de la perdre.
Ainsi l'une et l'autre trouvaient sur leur
route cette chose si précieuse : la croix !

Elles vécurent vingt ans de cette vie, et
puis l'événement tant redouté arriva : l'aînée mourut ; la cadette se trouva seule dans
cette maison, où, sa sœur absente, il ne lui
restait plus pour société que des souvenirs
et Dieu !

La pauvre femme se résigna à l'adorable
volonté de Celui qui dirige tout pour notre
plus grand bien. Mais la résignation ne fait
pas toujours disparaître le chagrin : il resta
au cœur de Mlle Louise une tristesse, un
ennui qui la suivaient partout. Ce lui était
dur de n'avoir plus personne à aimer, à
choyer ici-bas.

Une de ses amies, que cette tristesse persistante effrayait, lui conseilla d'adopter, pour se donner une distraction et une société, une enfant de l'hospice, une de ces pauvres petites qui n'ont pas connu leurs mères et sont, cependant, parfois très-aimantes.

Ce conseil sourit à Mlle Leroy.

— A tout le moins, se dit-elle, je ferai une bonne œuvre.

Elle alla donc à l'hospice, se fit présenter toutes les petites filles de quatre à sept ans, interrogea les sœurs, et enfin son choix se porta sur celle qui lui parut réunir les dispositions les plus heureuses.

C'était une charmante blondinette, d'un extérieur un peu maladif; mais on était frappé de la rare distinction qui perçait dans toute sa petite personne. Joignez à cela de beaux yeux, une physionomie sympathique. Rien qu'à la voir, on l'aimait.

Elle se nommait Mélanie et avait été mise à l'hospice à l'âge d'un an. Quels étaient ses parents?... Vivaient-ils encore? Nul ne le savait. Le seul renseignement

que les sœurs purent fournir au sujet de
sa famille était celui-ci : au moment ou on
recueillit l'enfant, on avait trouvé dans son
maillot un billet, sur lequel ces mots étaient
écrits :

« Je me nomme Mélanie ; j'ai été bap-
tisée ; soignez-moi bien, aimez-moi bien !
mes parents espèrent qu'ils pourront me
réclamer un jour. »

Peut-être, à cause de ces derniers mots,
insérés dans le billet, Mlle Leroy n'eût-elle
pas pris Mélanie chez elle ; la perspective
de se la voir bientôt enlever l'effrayait déjà ;
mais Mélanie était si jolie, elle semblait si
aimante, que ces deux qualités plaidèrent
auprès de la bonne demoiselle en sa faveur.
Les dernières hésitations de Mlle Leroy dis-
parurent, quand les sœurs lui dirent que
cette enfant était d'une constitution faible,
qu'elles ne pouvaient pas l'entourer des
soins délicats dont elle avait besoin, qu'elle
était très-intelligente et que ce serait dommage de ne lui donner qu'une instruction
élémentaire.

Bref, Mlle Leroy l'emmena.

Mélanie avait alors six ans. Certes on ne maltraite pas les orphelins dans nos hospices. Cela se fait en Angleterre; mais nous, nous sommes catholiques, nous aimons les pauvres. Les sœurs qui s'occupent de nos orphelins de France sont douces avec eux; elles les aiment, et bien volontiers elles leur prodigueraient toutes les gâteries que leurs mères leur eussent données... Mais les chères sœurs ne sont pas riches; l'administration de l'hospice ne l'est pas non plus. Aussi, tout en chérissant ces enfants, ne peut-on pas leur assurer tout le bien-être que l'on voudrait.

Chez M{{^{lle}}} Leroy, Mélanie trouva donc mille douces choses qu'elle n'avait pas connues jusqu'alors : une jolie chambre, une nourriture délicate, des vêtements élégants et, ce qui valait mieux que tout le reste, une tendresse toujours en éveil, des soins empressés de tous les instants, tout ce qu'en un mot, la mère la meilleure eût pu lui prodiguer.

Inutile de vous dire combien Mélanie

était sensible à tant et tant de joies inespérées ! Je me hâte d'ajouter qu'elle se montra reconnaissante de ce que sa protectrice faisait pour elle. Elle l'aimait. Elle était obéissante et studieuse. C'eût été une jeune fille modèle, si elle n'avait eu un défaut, — disons le mot : un vice, le plus choquant dans son état, le plus inattendu : — elle était orgueilleuse !

Et de quoi donc pouvait-elle être orgueilleuse ? De sa beauté ? De son intelligence ? Du bien que sa protectrice lui faisait ? Des toilettes qu'elle portait ? Non, de rien de tout cela.

Elle était orgueilleuse... de ses parents !

Mais elle ne les connaissait pas !

C'est précisément à cause de cela qu'elle en était orgueilleuse. Ah ! le diable est rusé : il nous tente souvent par où il semble qu'il devrait nous tenter le moins.

Mélanie était convaincue que ses parents devaient être de grands personnages, peut-être des nobles, tout au moins des millionnaires.

Mlle Leroy, en femme sensée qu'elle était,

ne cessait de combattre ces chimères. Elle y perdit son temps et sa peine. Mélanie, à dix-huit ans, y tenait encore, et elle se repaissait des plus audacieuses espérances.

— Mais, mon enfant, lui disait Mlle Leroy, si tes parents étaient aussi riches, aussi haut placés que tu le crois, quel motif aurait pu les porter à t'abandonner?

Mélanie n'était point embarrassée pour répondre. Elle inventait toute une série de romans plus ingénieux les uns que les autres. Tantôt elle disait que son père s'était mêlé à quelque complot politique, qu'il avait été obligé de fuir. D'autres fois, riche négociant dans une ville éloignée, il avait fait de mauvaises affaires, s'était expatrié, pour aller au loin reconstruire sa fortune, et il avait, en passant, déposé sa fille dans une maison, où il accourrait la réclamer, dès qu'il serait redevenu riche.

Toutes ces suppositions, très-risquées et tendant toutes au même but, à une satisfaction orgueilleuse, affligeaient Mlle Leroy.

Mélanie s'en aperçut. Afin de ne plus contrister sa mère adoptive et, avouons-le aussi, pour ne plus s'exposer à perdre ses bonnes grâces, elle cessa complétement de parler de son illustre origine. Mais elle y pensait toujours ! La malheureuse enfant avait bien tort de se complaire dans ces folles et orgueilleuses pensées ! Elle offensait Dieu ; elle se donnait à elle-même mille ennuis. Il n'y a pas de pire compagnon que l'orgueil, pas de torture plus cruelle qu'une ambition déçue. D'où sont nées les hérésies ? De l'orgueil. D'où nous vient ce socialisme qui menace de tout détruire ? De l'orgueil encore. L'orgueil a perdu les anges ; il perd les hommes.

Mélanie arriva ainsi à vingt ans. N'eût été le vice secret qu'elle nourrissait dans son cœur, sans se l'avouer bien clairement à elle-même, c'eût été de tout point une personne fort aimable. Elle était jolie, belle même, et à ces qualités qui passent, elle joignait des talents, des vertus qui la mettaient de beaucoup au-dessus des jeunes filles ordinaires.

Cependant la bonne demoiselle Leroy se

faisait vieille. Elle aimait tendrement sa
pupille : cela lui faisait peine de penser
que, si elle mourait, elle la laisserait seule
au monde. Elle résolut de la marier.

Un parti des plus convenables, justement, se présenta : la main de Mélanie fut
demandée par un jeune agriculteur ; c'était
le fils aîné d'une famille honnête et aisée,
sans être riche ; lui-même était sérieux, il
avait des principes excellents.

Mlle Leroy consulta Mélanie.

— Pourquoi donc nous presser ? répondit-elle.

— Parce que je me fais vieille, mon
enfant, dit Mlle Leroy ; parce que, d'un
moment à l'autre, je puis te manquer.
D'ailleurs, tu ne trouveras pas deux fois
peut-être un fiancé aussi bien établi, aussi
chrétien que celui que je te propose.

Mélanie ne répondit à cela que par une
petite moue dédaigneuse.

Mlle Leroy devina le secret motif qui
poussait Mélanie à repousser cette union,
modeste, il est vrai, mais encore supérieure
à ce qu'elle aurait dû se promettre. Elle

gémit tout bas de ces dédains mal justifiés ;
elle les combattit de son mieux. Peine inutile. Mélanie trouva, pour ajourner sa réponse, des raisons toujours nouvelles. Bref
le jeune homme se lassa, le mariage ne se
fit pas.

Un an après, un autre prétendant, le fils
d'un commerçant de la ville, se présenta.
Mlle Leroy le connaissait de longue date ;
elle avait pour lui une estime, je pourrais
presque dire une affection, qu'il méritait à
tous égards. Ce n'était, avouons-le, ni un
aigle pour l'intelligence, ni un jeune homme
appelé à faire brillante figure dans le
monde; mais ce n'était pas, non plus, un
sot; il avait été bien élevé, nul doute que
ce ne fût un mari modèle. Quoique Mlle Leroy donnât, on le savait, une jolie dot à
Mélanie, quoique celle-ci fût jolie, ins-
truite, la pauvre enfant, malgré tout, avait,
aux yeux du monde, une tache, qui devait
la rendre moins exigeante qu'une autre
dans le choix d'un mari. Aussi, quand
celui-ci se présenta, Mlle Leroy se dit-elle
avec une joie très-grande qu'elle avait là

sous la main un fiancé tel que sa pupille
ne pourrait pas le refuser. Elle avait, de
plus, la certitude que Mélanie trouverait
dans cette union le bonheur. Jugez de sa
déception, lorsqu'aux ouvertures qu'elle
lui fit, Mélanie répondit par un silence
dédaigneusement boudeur.

Pour le coup, la protectrice perdit patience.

— Ah! ça, dit-elle, qu'attends-tu pour
te décider?... Ah! j'y suis : tu attends
que tes parents viennent en équipage te
chercher, et te donnent pour fiancé un
fils de prince!... Quelle folie, quelle in-
gratitude!... Le bon Dieu te comble de
faveurs de toute sorte, et toi, au lieu de
t'en montrer reconnaissante, tu continues
de te repaître en secret d'espérances ab-
surdes et coupables. Tant d'orgueil, à la
fin, m'irrite. Je te donne deux jours à réfléchir. Si, dans deux jours, tu réponds à
l'offre que je te fais par un refus, je ne
te contrarierai pas; mais, sache-le, je ne
m'occuperai plus jamais de la question
de ton mariage. Si, plus tard, tu épouses

un homme qui ne vaut pas ceux qu'aujourd'hui tu repousses, si tu as des regrets, si tu es malheureuse, tant pis pour
toi, mon enfant! Tu verras, mais trop
tard, que de tous les mauvais conseillers,
le pire, c'est l'orgueil!

Mlle Leroy n'en dit pas plus; mais elle
était visiblement blessée. Ceci déjà effrayait Mélanie. D'autre part, elle ne pouvait se le dissimuler, tout, sauf, en effet,
son orgueil, devait lui faire accepter
l'union proposée. Elle n'osa donc, quand
l'heure de se prononcer fut venue, répondre par un refus à la demande qui lui
était faite. C'eût été trop ingrat de contrister celle qui lui avait déjà montré tant
d'affection! c'eût été imprudent de l'indis-
poser contre elle.

Elle accepta donc le mari que Mlle Leroy lui proposait; mais elle l'accepta avec
la dignité mélancolique d'une princesse
que des circonstances funestes obligeraient
à épouser un petit marchand.

Par un dernier calcul, elle demanda
que le mariage fût différé jusqu'au com-

mencement de l'hiver ; on était alors en
été ; la sotte fille se disait que, dans l'in-
tervalle, ses parents, ses riches parents,
viendraient la chercher peut-être. Et
alors ? Alors, le pauvre fiancé avouerait
lui-même qu'il était indigne d'aspirer à
la main d'une aussi grande demoiselle !

Peu à peu cependant elle s'adoucit, elle
s'accoutuma à l'idée, si cruelle d'abord,
de signer, en se mariant humblement, sa
déchéance. Son fiancé lui témoignait une
affection si franche; c'était, — cela dit
tout d'un mot, — un si bon cœur, que
Mélanie se surprenait à l'aimer malgré
elle.

Les choses en étaient là, lorsque, vers
le milieu de l'automne, un matin, Mélanie, en revenant de faire une course,
trouva à la porte de la maison un brave
homme, un vieillard, au visage honnête,
qui lui demanda s'il pourrait parler à
Mlle Leroy. Mélanie pensa que c'était un
pauvre honteux; elle l'introduisit dans la
maison et alla prévenir sa protectrice.

Toutes deux redescendirent ensemble.

— Que me voulez-vous, mon brave homme ? demanda Mlle Leroy.

— Mademoiselle, répondit le vieillard, je ne suis à B... que depuis hier, et je viens d'apprendre que vous m'avez rendu, sans le savoir, un bien grand service. Quelle douleur pour moi d'être seul à vous en remercier !

En parlant ainsi, le vieillard paraissait à la fois confus et ému, si ému que son émotion gagna Mlle Leroy et Mélanie. L'une et l'autre pressentaient qu'il avait quelque chose d'important à leur dire.

Après un silence de quelques instants :

— Mademoiselle, reprit-il timidement, je suis rémouleur de mon état. Il y a vingt ans, je passais ici avec ma femme...

A ces mots, Mélanie pâlit et chancela.

— Nous avions avec nous une petite fille d'un an, une jolie enfant, la nôtre ; nous l'aimions beaucoup ; mais nous étions si malheureux que, ne pouvant plus la soigner comme il l'aurait fallu...

Mélanie n'en pouvait plus douter, l'homme qu'elle avait sous les yeux, ce vieillard mal habillé, cet ouvrier à la physionomie honnête, mais vulgaire, ce pauvre enfin, c'était... son père ! Le coup que cette découverte inattendue lui porta fut si terrible qu'elle tomba défaillante dans un fauteuil.

Le vieillard poussa un cri. Lui aussi, il était ému, terriblement ému; car il comprenait que cette belle personne qu'il avait sous les yeux, c'était sa fille, et, honteux de sa pauvreté, honteux de sa faute, — car c'en était une grande d'avoir abandonné cette enfant jadis, — il se demandait avec effroi quels sentiments s'agitaient pour lui dans ce jeune cœur. L'amour paternel enfin l'emporta sur la honte et la crainte : il se précipita vers elle, pour l'embrasser.

Mélanie se releva, et, le regardant avec une froideur dédaigneuse, hélas ! avec colère même, une colère qu'elle dissimulait :

— Est-il bien sûr que je sois votre fille?

— Oui, cela est sûr. Ecoutez-moi : vous reconnaîtrez que je ne vous trompe pas.

En parlant ainsi, il se rapprochait de

8

Mélanie. Elle se recula, comme s'il lui avait fait peur.

— Ah! je le vois, reprit-il tristement, vous aimeriez mieux ne m'avoir pas connu.

— Vous l'ai-je dit? reprit sèchement Mélanie.

Le pauvre père n'osait pas reprendre la parole.

Mlle Leroy, elle aussi, se taisait. Debout entre le père et la fille, elle les observait l'un et l'autre. Pas un détail de cette scène dramatique ne lui échappait. Elle lisait au fond du cœur de Mélanie. Mieux que toute autre, elle pouvait comprendre ce que cette reconnaissance inattendue devait avoir de cruel pour l'orgueilleuse jeune fille, dont elle brisait les illusions les plus chères. Aussi Mlle Leroy pardonnait-elle à Mélanie d'être troublée, affligée même. Mais elle n'admettait pas que ce trouble allât jusqu'à tuer en elle l'affection filiale. Quand donc elle vit de quel œil Mélanie regardait son père, quand elle vit avec quel désespoir orgueilleux elle se défendait d'être sa fille :

— Malheureuse! lui dit-elle à demi-voix.

Je ne puis rendre ce qu'il y avait d'amer reproche dans le ton dont elle prononça ce mot.

Mélanie baissa la tête, et, retombant dans son fauteuil, elle pleura. Jamais de sa vie elle n'avait été troublée à ce point : c'est qu'il se livrait dans son âme une lutte si forte qu'il lui semblait qu'elle allait mourir. D'un côté tous les bons sentiments, de l'autre tous les mauvais, la sollicitaient de prendre un parti décisif. — Romps avec cet orgueil qui, de faute en faute, t'entraîne à ta perte, avec cet orgueil qui ferait de toi une fille dénaturée, une pupille ingrate : va vers ton père! voilà ce que la voix de Dieu lui disait. Et l'orgueil, la colère lui suggéraient, quoi qu'il dût arriver, une résolution tout autre.

Dieu soit béni! Mélanie avait été bien élevée, elle savait prier, elle pria, et, le secours d'en haut lui venant en aide, non sans souffrir, je l'avoue, elle alla vers le vieillard. Le pauvre homme, il était tout confus, il pleurait lui aussi! Mélanie lui prit la main, et elle l'embrassa.

Le vieillard lui sourit doucement, et, sans lui adresser un seul reproche, il termina en ces termes son récit interrompu :

— Ainsi que je te le disais, il y a de cela vingt ans, nous nous trouvions ici, ta mère et moi. Tu étais alors très-jeune, et nous espérions te garder près de nous toujours. Hélas ! l'ouvrage n'allait pas, nous manquâmes bientôt de tout. Quoiqu'il m'en coutât terriblement d'en venir là, je me dis, je fis comprendre à ta mère que, dans ton intérêt même, nous ferions bien de te remettre entre des mains qui pussent te donner au moins le nécessaire. Nous commettions ainsi une grande faute, je le reconnais aujourd'hui : si pauvre que l'on soit, on doit se confier dans la Providence et bravement accomplir les devoirs qu'elle nous donne. J'ai manqué aux miens, je me suis défié de la bonté de Dieu, j'ai eu grandement tort. Hélas ! ce tort, je ne l'ai reconnu que bien tard, à la mort de ta mère, il y a de cela deux ans.

Alors je me suis converti, et, à partir de ce jour, je me suis promis de tout tenter

pour te retrouver.—Il faut que je la revoie,
me disais-je ; si elle est malheureuse, peut-
être, tout pauvre que je suis, pourrai-je la
consoler. — Hélas ! l'âge, les infirmités ont
augmenté mes misères ; mille obstacles se
sont mis en travers de mes projets ; il m'a
fallu deux ans pour les accomplir. Hier
enfin, j'ai vu les bonnes sœurs qui ont
soigné ton enfance. Je leur ai montré le
double du billet daté qui avait été placé prés
de toi. Elles m'ont dit où tu étais. Dieu soit
béni ! mon enfant, enfin je te retrouve, belle,
heureuse. C'est à vous, Mademoiselle,
ajouta le vieillard, en se tournant vers
Mlle Leroy, à vous seule, après Dieu, que je
dois cette joie. Vous avez fait pour elle, vous
qui ne la connaissiez pas, ce que nous, ses
parents, nous n'avons pas fait, ce que nous
n'aurions jamais pu faire. Il n'y a que Dieu
qui soit assez riche pour vous récompenser !

    Il fut alors convenu que Mélanie resterait
chez sa protectrice. Quant à son père,
l'excellente demoiselle lui assura aussitôt
la place qu'il lui fallait. Elle alla le jour
même l'installer dans une petite maison de

campagne qu'elle possédait tout près de la ville. Là, le père de Mélanie trouva dans la société du jardinier de Mlle Leroy les occupations douces et la demeure dont il avait besoin.

Lorsqu'enfin les deux dames se revirent seules, le soir, dans leur petit salon :

— Eh bien ! mon enfant, dit Mlle Leroy, il nous faut maintenant informer ton fiancé du changement survenu dans ta position.

— Oui, Mademoiselle, dit tristement Mélanie, j'y ai pensé. Il faut lui dire que j'ai retrouvé... mon père.

Que de regrets il y avait dans le son de voix de la jeune fille, quand elle prononça ces mots : *mon père !*

— Je vous en prie, ajouta-t-elle, rendez-moi ce service. Je n'aurais pas le courage de lui avouer que je suis la fille d'un...

Elle n'osa dire d'un rémouleur. Cette pensée lui était si cruelle qu'elle fondit en larmes.

— Crains-tu donc qu'il ne veuille plus t'épouser ? lui demanda doucement Mlle Leroy.

Mélanie se dressa fièrement.

— Quand même il le voudrait, c'est moi qui m'y refuserais !

Que d'orgueil dans cette parole! Mlle Leroy en fut affligée.

— Mélanie, dit-elle, je te croyais convertie. Me suis-je trompée?

— J'accepte, dit Mélanie, la honte de mon origine. N'est-ce pas assez? Faut-il aussi que j'oblige mon fiancé à l'accepter comme moi? Il serait en droit de s'y refuser. S'il y consentait, je contracterais vis-à-vis de lui des obligations trop grandes.

Mlle Leroy ne put réprimer un mouvement de vive impatience.

— Quel orgueil! s'écria-t-elle. Rien ne la corrige! C'est affreux.

Mais l'indulgence reprit aussitôt le dessus dans le cœur de la pieuse demoiselle. Elle comprit que Mélanie devait avoir fort à lutter contre une passion aussi longtemps caressée. Au lieu donc de se fâcher contre elle et de l'abandonner aux tentations qui l'assaillaient, elle vint comme une mère à son aide.

Avec une éloquence compatissante et

persuasive, elle lui représenta toutes les raisons qu'elle avait de se soumettre humblement à la situation que la Providence lui assignait; elle lui montra que les âmes humbles, douces, sont seules des âmes heureuses; que la peine qui lui arrivait, c'était elle qui se l'était préparée par ses rêves insensés.

Au son de cette voix qui partait du cœur, Mélanie revint à des sentiments plus chrétiens.

— Faites comme vous le jugerez le mieux, dit-elle à Mlle Leroy. Parlez à mon fiancé. S'il ne veut plus m'épouser, je ne lui en voudrai pas. Je comprends qu'il lui répugne...

— Chut! chut! pas de mots aigres!

— S'il persiste à m'accepter pour femme, j'y consens! Je le remercie.

Oh! comme ce mot lui en coûtait à dire.

— S'il veut reprendre sa parole, s'il lu répugne d'épouser la fille d'un misérable ouvrier....

— Ne parle pas ainsi! dit vivement Mlle Leroy.

— Je lui pardonne, oh! oui, je lui pardonne, car je sens qu'en m'épousant
maintenant, il se mésallie.

— Comme l'orgueil t'aveugle! Ne vois-tu
pas que justement c'est l'inverse ? Hier, tu
n'avais pas de nom; aujourd'hui, on sait
que tu es la fille d'un homme pauvre, mais
honnête.

Ce que Mlle Leroy disait là était juste.
Néanmoins les gens en apparence les plus
sérieux, ont parfois des opinions étranges.
Mlle Leroy s'en aperçut le lendemain, lorsqu'elle se présenta chez les parents de celui
qui devait épouser Mélanie. Le jeune
homme était absent. Ce fut son père qui
reçut Mlle Leroy. Dès les premiers mots
qu'elle lui dit, le visage de M. Daubé
changea ; il s'assombrit quand il connut
enfin toute l'histoire.

— Vous comprenez, dit-il, qu'un incident aussi inattendu est de nature... à
modifier mes résolutions... peut-être. Permettez que je m'entende avec ma femme et
mon fils sur ce qu'il y a lieu de faire maintenant dans l'intérêt de ce dernier.

— Bien! dit froidement Mlle Leroy. Réfléchissez, et surtout ne vous croyez tous tenus à rien : ma pupille et moi, nous vous rendons dès aujourd'hui votre parole.

Mélanie avait prévu ce qui arrivait. Elle s'y était d'avance résignée. Mais, elle le sentait, ce coup, s'il la frappait, lui serait doublement cruel, car il l'atteindrait dans son amour-propre et dans ses affections. Aussi avait-elle demandé à Dieu de lui donner la force de le supporter bravement. Dieu l'exauça.

Lorsque Mlle Leroy lui eut franchement avoué ce qui se passait :

— Je suis punie, dit-elle ; mais je méritais de l'être! Je me soumets et je tâcherai de devenir meilleure. Seulement, je vous en prie, promettez-moi que vous me permettrez de rester vieille fille. Ce n'est pas l'orgueil qui me pousse à vous adresser cette prière. Non, cette humiliation ne suffirait pas à me faire prendre le mariage en dégoût; mais j'aimais celui qui me repousse !

Ce disant, Mélanie pleurait.

— Console-toi, mon enfant, lui dit Mlle Leroy, que sa douleur touchait d'autant plus qu'elle la voyait rentrée dans la bonne voie, console-toi ! Tout n'est pas perdu. Lui aussi, il t'aime, j'en suis sûre, et je ne crains pas d'ajouter : Il te sera fidèle.

Il le fut, en effet. Mais les répugnances de sa famille à l'endroit du mariage projeté étaient si vives qu'il dut d'abord se soumettre à la volonté paternelle.

Je vous laisse à penser quelle fut la douleur de Mélanie lorsqu'on lui annonça officiellement que c'en était fait, que sa parole lui était rendue !

Elle resta deux mois sous le coup de cette douleur. Enfin une consolation lui fut donnée : celui qu'elle aimait trouva moyen de voir Mlle Leroy en secret ; il dit qu'il n'oublierait jamais Mélanie, qu'il espérait avoir doucement raison des résistances paternelles.

Il fallut pour cela attendre longtemps encore, trois ans ! Enfin le consentement fut accordé. Je vous assure que le jour où elle se maria, Mélanie n'avait plus de regrets.

Il y avait longtemps qu'elle ne rêvait plus d'épouser un prince. Elle s'estimait trop heureuse de s'unir à un honnête jeune homme, qui lui avait prouvé son amour par une fidélité rare Ajoutons, à son honneur, qu'elle était corrigée du vice qui lui avait jadis fait tant de mal.

Que de gens aujourd'hui auraient besoin de s'en corriger comme elle! Elle se croyait la fille d'un grand seigneur, et son père était un pauvre ouvrier. Eux s'imaginent être des hommes de génie méconnus; à les entendre, ils devraient occuper les plus hautes positions dans l'Etat. Que sont-ils en réalité? Des hommes fort ordinaires. De là qu'arrive-t-il? Ils s'irritent de n'arriver pas où ils voudraient, ils négligent leurs devoirs, ils se rendent malheureux par orgueil déçu. Et c'est la société qu'ils accusent de leur malheur! Leur malheur, il vient de leur sottise. Le bonheur est un beau palais : on y entre par la porte... de l'humilité ! Cette porte s'ouvre devant ces gens-là, ils s'en détournent!

MARIE-EDMÉE

Ce qu'il y a de plus rare aujourd'hui, ce sont les hommes de caractère. En religion, en politique, les gens d'à présent passent sans cesse, faute de principes solides, du blanc au noir. Ils vont où l'intérêt, le caprice, la passion, tour à tour, les poussent.

Aussi ne fut-il jamais plus opportun de mettre en relief et d'offrir pour modèles les âmes croyantes et généreuses qui gardent, au milieu de l'affaissement général, l'antique vigueur.

Telle fut l'admirable jeune fille dont le nom figure en tête de ce travail.

Femme d'une volonté rare et grand écrivain, Marie-Edmée mérite que l'on étudie sa vie et ses œuvres. Elle-même nous a rendu cette tâche facile.

Comme Eugénie de Guérin, elle s'est peinte dans le journal dont la main d'une

9

mère veut bien aujourd'hui nous ouvrir les pages.

Quand elle commença de l'écrire, elle avait quinze ans. Lorsqu'à la veille de sa mort, sa main s'y posa pour n'y plus toucher, elle n'en avait que vingt-cinq ! Que de fois, en lisant ce volume, où tant de hautes pensées, tant d'observations profondes, tant de résolutions viriles se pressent, si vous vous souvenez de l'âge de celle qui l'écrivit, vous vous arrêterez, stupéfait de trouver dans une jeune fille, une enfant, un talent aussi mûr, une grandeur morale aussi haute !

Cette grandeur morale, elle se montre partout dans le journal à l'aide duquel nous allons étudier cette rare physionomie. Fille, sœur, femme, chrétienne, artiste, écrivain, Marie-Edmée, s'il nous est donné de la faire revivre à vos yeux telle qu'elle fut, vous apparaîtra sous tous ces traits divers comme une créature d'élite, ayant ses défauts, j'en conviens ; mais à peine forment-ils un ombre légère dans le magnifique tableau où les qualités partout dominent, et quelles qualités originales !

Marie-Edmée avait dix ans lorsqu'elle perdit son père. Elle garda de lui un souvenir que rien n'effaça jamais. « C'est aujourd'hui, dit-elle cinq ans après, l'anniversaire du jour qui nous rendit orphelins. Pauvre père ! je te vois encore, je te verrai toujours, étendu sur ce lit de souffrance qui pour toi se changea en lit mortuaire. Je vois ta pâle et belle figure, et il me semble sentir le froid glacial de ton front de marbre, lorsque j'y déposai mon dernier baiser. »

Son père mort, Marie-Edmée reporta sur sa mère toute l'affection dont son cœur débordait. Aussi est-il peu de pages du journal où la figure maternelle ne se retrouve. Avec quel respect, avec quel amour Marie-Edmée l'esquisse, chaque fois, cette figure si chère ! C'est un touchant spectacle que celui de ces deux âmes si étroitement unies, et c'est un spectacle qu'il faut aujourd'hui proposer pour modèle à bien des mères, à bien des filles. Est-ce donc que celles-ci ne s'aiment pas ? Elles s'aiment, mais l'affection qu'elles se portent n'est pas chrétienne : chez la mère, cet amour va jusqu'à la faiblesse ; chez la fille, il descend à la familiarité ; le respect est absent ou amoindri. Ici, rien de semblable : si forte que soit l'affection mutuelle, mère et fille se chérissent comme une mère et une fille chrétiennes se doivent chérir.

Un détail touchant nous montrera jusqu'où Marie-Edmée portait cette affection. Le dernier jour de sa vie, épuisée, agonisante, elle était étendue à demi morte dans son lit. Tout à coup, elle s'aperçoit que sa mère s'est éloignée. Par un suprême effort, elle se lève, s'élance vers la chambre maternelle, et c'est là que, l'ayant retrouvée, elle expire, debout, en prononçant une dernière fois son nom. Debout et près de sa mère, oui, voilà comment Marie-Edmée devait mourir ! Elle montrait ainsi, jusqu'au seuil de l'éternité, son courage et son amour filial.

A côté de cette mère vénérée, dans le cadre saint de la famille, Marie-Edmée trouvait un être à aimer encore, Gérald, son frère. Dirai-je qu'elle l'aima moins qu'Eu-

génie de Guérin n'aima Maurice ? — Oh!
non ; seulement elle ne l'aima pas de la
même façon. Comme Eugénie, Marie-
Edmée était plus âgée que son frère. Il y a
donc dans l'affection qu'elle porte à Gérald
quelque chose de maternel comme dans
l'amour d'Eugénie pour Maurice. Mais elle
ne se fait pas sur Gérald ces illusions —
excusables — qu'Eugénie se faisait sur
Maurice, ce Maurice tant vanté par sa
sœur, trop vanté peut-être! Marie-Edmée
juge son Gérald avec moins de passion. Si
fort qu'elle l'aime, elle se contente de reconnaître et d'admirer chez lui les nobles
qualités que réellement il possède. Elle
n'éprouve pas, non plus, à son sujet ces
anxiétés incessantes, exagérées, qui font
d'une grande affection un constant supplice. Marie-Edmée sait que trois mots
résument la vie de l'homme ici-bas : souffrir, lutter, prier! Aussi ne souhaite-t-elle
pas à Gérald une destinée autre que la
sienne. La souffrance, le danger, la mort
même, s'il le faut, ne l'effrayent pas plus
pour lui que pour elle. Ce qu'elle veut, ce

qu'elle demande à Dieu pour son frère, comme elle le demande pour elle-même, c'est d'abord qu'il reste ce qu'il doit être préférablement à tout, un chrétien, un homme de devoir, grand devant Dieu, et, si cela se peut, grand aussi devant les hommes.

Telle était sa pensée, dès l'âge où lui et elle étaient tout jeunes encore. Après avoir un jour rêvé pour lui la gloire militaire, voici ce qu'à quinze ans elle écrit : « Mon Dieu, à la pensée que mon frère pourrait vous oublier complétement, au milieu des grandeurs de ce monde, ma main, si habile à lui élever cet échafaudage de lauriers, détruit tout son ouvrage, et je détourne les yeux de la fumée qui s'échappe de cette gloire humaine. Je n'aspire plus pour mon frère qu'à l'unique nécessaire, à la grande affaire du salut. »

Mais ne craignez pas que cette affection, si chrétienne et si raisonnable, soit une affection sans tendresse. Oh! non; la vie de Marie-Edmée tout entière et sa mort surtout, protestent contre un tel reproche.

Quand l'heure du grand sacrifice, en 1870, sonna, quand son brave frère dut courir au secours de la patrie menacée et puis envahie, Marie-Edmée ne le retint pas. Elle l'aurait suivi, si elle avait pu. Ne le pouvant pas, elle fit comme son héroïque mère, elle permit à Gérald de partir, et, fière, heureuse de le voir risquer sa vie pour une belle cause, elle resta étroitement associée par le cœur à ses fatigues, à ses dangers. On eût dit une Romaine, en la voyant si brave ! Mais quel trésor d'affection dans ce cœur valeureux ! Avec quel indomptable courage, dès qu'elle sait que Gérald est blessé, elle vole à son secours ! Seule, au milieu des armées ennemies, elle brave, pour le trouver, tous les dangers ; elle aborde, elle fléchit les hommes dont le nom suffit à faire trembler les autres. Enfin elle le découvre, elle le ramène, elle le panse. Le voilà guéri... à moitié guéri ! Il veut repartir. Encore une fois, elle se sépare de lui, non sans regret, mais sans murmure. Et c'est en courant de nouveau à la recherche de ce frère tant aimé, qu'elle

contracte le germe de la maladie qui lui
donne la mort au retour. C'est ainsi que
Marie-Edmée chérissait les siens. N'est-ce
pas un beau caractère de fille et de sœur,
que celui-là?

Femme, que fut-elle? Nous l'avons dit,
nous ne saurions trop le répéter, ce fut,
chose plus rare aujourd'hui que jamais, une
femme de volonté. Ses défauts, — quand
nous aurons à en parler, nous le verrons,
— ses défauts ne viennent que de cette qualité dominante, poussée à l'excès.

Sa force d'âme s'accuse dès les premières pages du journal. La pensée d'Edmée
et la forme dont elle la revêt, ont, dès l'âge
de quinze ans, un cachet viril. « Je n'aime
que ce qui est rare, dit-elle, le cœur et les
vertus comme le reste.... Une douleur qui
s'épanche m'est antipathique.... Quand je
sens, par une cause sérieuse, les larmes
me monter aux yeux et que je les refoule,
je crois sentir mon cœur s'élargir comme
l'Océan pour les recevoir. Elles s'y perdent,
et je n'ai pas pleuré. »

Fières paroles que celles-là ! trop fières;

j'en conviens; mais cette exagération n'est pas d'une âme vulgaire. Elle vient de l'idée très-haute que, tout enfant, Marie-Edmée s'était faite de la vie. Le travail, la douleur, le sacrifice, loin de l'effrayer, lui plaisaient : elle avait soif de ces trois grandes choses qui épouvantent la molle jeunesse d'à présent.

« Je voudrais, dit-elle, mourir pour une grande cause, et ma pensée unique est d'en servir une toute ma vie.» Oui, c'était là son noble désir : rien ne lui eût coûté pour atteindre le but élevé qu'elle se proposait.

De là ce regret exagéré qu'elle éprouvait d'être femme, regret trop fortement exprimé dans ces quelques lignes : « Ma devise : Qui sait mourir ne peut être vaincu, est mon grand, mon unique refuge. Je dis mon unique, car Dieu, qui a mis une consolation à toutes les misères, laisse le malheur d'être femme sans aucune compensation. »

De là cette admiration enthousiaste pour Jeanne d'Arc, l'héroïne lorraine, que Marie-Edmée aimait comme si elle eût été sa sœur, qu'elle eût voulu imiter. « Quelle

joie pour mon orgueil, dit-elle, lorsque je
découvre dans une gravure quelconque un
trait de ressemblance entre elle et moi!....
Oh! pourquoi ne suis-je pas née de son
temps?.... Je l'aurais approchée, elle!...
Cette idée seule me bouleverse, au point
que j'en pleure..... Mon Dieu, quand ins-
pirerez-vous à votre Eglise la canonisation
de votre fille de France?

» Que je voie ce jour-là, et que je meure! »

De là son admiration pour Charlotte
Corday elle-même. Elle ne regardait l'acte
de Charlotte que du côté héroïque. Mais,
on n'en peut douter, une femme aussi pieuse
que Marie-Edmée, s'il se fût agi de com-
mettre cet acte, aurait reculé. Pardonnons-
lui donc cette admiration excessive qu'elle
avait pour les femmes qui firent acte de
courage viril. Ce n'était pas l'ambition qui
la poussait; elle cédait aux instincts géné-
reux de sa nature, laquelle avait soif de se
dévouer.

Ce désir de se donner tout entière au
service d'une grande cause, ce fut, pour
ainsi dire, l'âme de sa vie, et ce fut aussi

sa croix : car, elle le comprit toute jeune, elle rêvait l'impossible. Dans la voie que Dieu lui traçait, il n'y avait pas de grande immolation en perspective.

Alors, avec une résignation toute chrétienne, elle renonça à ses rêves héroïques·

« J'ai fait mon choix dans les biens de ce monde, dit-elle : j'ai voué, j'ai *consacré* ma vie à ce que j'admirais le plus, et plutôt que de me laisser détourner de mon but, je me ferais tuer. Cela est sûr, n'est-ce pas, Marie-Edmée? » Je ne puis m'empêcher de noter, en passant, l'originale énergie de ce style. On sent qu'ici c'est l'âme qui parle. « Je préserve jalousement mon cœur de tout sentiment d'égoïsme; je ne me garde pas pour moi-même, mais pour Celui qui se donne à tous, et cette consécration de tout mon être à l'idéal vivant que j'aime de la plus grande force dont je sois capable, cette consécration m'incline à me faire la servante des serviteurs de Dieu. Je m'éprends toujours davantage de tout ce que je rencontre de bon, de simple et de petit. » (P. 438.)

Avouons-le, ce choix avait été précédé de bien des tristesses. Il en coûtait à cette âme valeureuse de vivre comme tout le monde, de ne souffrir qu'autant que les autres. Aussi son journal porte-t-il en maint endroit la trace d'une mélancolie, résignée, il est vrai, mais profonde. Cette mélancolie était telle que, pour se consoler, Marie-Edmée se réfugiait dans l'espérance de la mort. Cette âme altérée d'idéal, cette âme que la soif du beau, du grand, du bien consumait, éprouvait le besoin de se dire que, dans la vie véritable, par delà le tombeau, elle serait satisfaite, et elle appelait cet heureux jour de tous ses vœux. Nulle part cet amour de la mort et l'explication religieuse qu'elle en donne ne se trouvent mieux consignés qu'ici :

« J'ai communié ce matin... Oui, Dieu seul est grand ! seul il peut combler l'insatiable ardeur qui dévore en moi tout bonheur, sans être jamais rassasiée ! Pourquoi donc ne suis je pas encore fixée à lui ? Me faudra-t-il le désert, le couvent, ou n'y a-t-il que la mort ? » (P. 419.)

Et ailleurs : « La mort viendra !... Pourquoi semer mon journal de cette vérité, la
plus palpable de toutes ?... Hélas! parce
que je la vois *toujours et partout*, parce
qu'elle est ma compagne inséparable... »
(P. 190.)

« Non, encore une fois, je n'ai pas un
désir, sinon toi, bienheureuse demeure de
la cité éternelle. »

Peut-être ce dégoût de la vie, malgré
l'expression religieuse que Marie-Edmée
lui donne, paraîtra-t-il excessif à certains
lecteurs. Peut-être attribueront-ils ce dédain
de l'existence à la vanité déçue, à une
tournure de caractère romanesque. Oui,
nous n'en disconvenons pas, à ne juger
Marie-Edmée que sur certains passages
de son journal, ceux où il se mêle à ses
hautes inspirations un enthousiasme juvé-
nil et exagéré, ceux où elle nous laisse voir
jusqu'à quel point elle était triste, abattue
parfois, on serait tenté de la ranger dans
la catégorie des femmes *incomprises*.

C'est vrai, elle fut exposée à tomber
dans cette classe, aujourd'hui si nom-

breuse, des êtres irrités parce qu'ils se croient méconnus. Intelligente, énergique comme elle l'était, et ne pouvant atteindre son idéal, elle courut le danger de prendre, comme tant d'autres, la vie en dégoût, la société en haine. Pourquoi ne tomba-t-elle pas dans cet excès qui eût fait le malheur de sa vie ? Parce qu'à toutes ses rares qualités, à cette force de caractère qui est le trait distinctif de sa physionomie morale, elle joignait une foi profonde, une foi pratique. Sa foi la sauva, non pas seulement au point de vue religieux, mais humainement. La foi la consola dans ses tristesses. Quand elle vit que son rêve ne se réaliserait pas, la foi lui rappela que dans la vraie vie, elle serait satisfaite. Ainsi le péril fut conjuré, ainsi Marie-Edmée passa doucement de l'enthousiasme dangereux à la forte résignation chrétienne, et, si elle ne fut pas heureuse en ce monde, elle eut, pour se consoler, la pratique du bien, l'amour de Dieu, l'espoir du ciel. En parlant ainsi, nous ne faisons qu'analyser le livre remarquable qu'elle nous a laissé. La note dominante du journal et de cette vie, c'est la foi, c'est le courage, c'est l'amour du sacrifice. Pour le prouver, les témoignages abondent, le journal en est plein. « Si ma vie devait, dit-elle, ressembler à cette dix-huitième année, que bientôt je vais perdre, je craindrais de ne pas atteindre le ciel; car je n'ai pas de croix sérieuse pour marcher après mon Sauveur. » (P. 264.)

« J'ai communié ce matin, et j'ai demandé la sagesse. L'Esprit-Saint a résumé sa doctrine, je l'ai écouté. Il m'a dit de mépriser ce qui se passe, d'aimer ce qui dure éternellement, d'oublier le monde et de désirer le ciel. » (P. 424.)

Et ailleurs : « Mon Dieu, c'est vous qui êtes l'inconnu qui m'attire, vous seul pouvez désaltérer ma soif, vous qui, le voile de la foi étant déchiré par la mort, fixerez éternellement mon regard par votre indicible beauté! »

En cent autres endroits, cette foi de Marie-Edmée est consignée en des termes tels que l'on est édifié autant qu'ému de voir comme cette belle âme comprenait la religion, comme elle l'aimait. Une femme vouée loin du monde au service divin, ne trouverait pas, pour parler des choses de Dieu, un accent plus convaincu, plus touchant, plus persuasif. Plus qu'une citation, mais ce passage me paraît si concluant et si beau, que je ne puis l'omettre :

« O Christ, ô Jésus, Fils de Marie, soyez béni, soyez aimé, soyez admiré par toute mon âme, pour le bien que vous avez révélé ! Que ma prière la plus ardente soit de vous demander ma part dans ce grand travail du dévouement chrétien ! Que votre grâce éclaire mon intelligence pour lui montrer la voie, qu'elle me fortifie pour la suivre ! Mais que vous soyez en tout mon centre et ma fin suprême, ô Christ, ô Jésus doux et humble de cœur ! »

Ici nous serions tenté de nous arrêter. En effet, après avoir montré quelle femme de volonté, quelle femme de foi c'était que Marie-Edmée, il me semble que tout est dit. Non, ce ne serait pas présenter d'elle un portrait complet que de laisser dans l'ombre les dons merveilleux que Dieu lui avait faits du

côté de l'esprit. Le volume si célèbre qu'elle
publia naguère sur Jeanne d'Arc jeune
fille, ce délicieux ouvrage où tout était
d'elle, illustration et texte, atteste à lui seul
qu'elle était une grande artiste. La lecture
de son journal ne le démontre pas moins.
Là aussi, en cent endroits, l'artiste a posé
son cachet puissant. Quelques mots lui suf-
fisent pour tracer un tableau qui parle aux
yeux tout autant que s'il était tracé au burin.

« Je sors, dit-elle, d'un admirable spectacle, plus beau, j'en suis sûre, que les
opéras des plus grands maîtres. La scène
était au ciel. Sur un fond gris-violet, une
masse de nuages glissaient lentement de
l'Ouest au Midi, s'éparpillant avec légéreté
et des nuances de plus en plus claires, jusqu'à ce qu'au-dessus de ma tête, il n'y eût
qu'une masse argentée, sur un fond gris-
perle ravissant. Une étoile brillait à l'Est,
comme un beau diamant. »

Voici maintenant le tableau de la chambre
de Jeanne d'Arc à Domremy; vraiment on
y croirait être :

« Une porte basse et étroite conduisait à

la chambre de Jeanne... Un jour douteux y
jetait à peine quelques rayons de lumière;
mais elle suffisait à faire entrer dans l'âme
un sentiment mêlé de respect, de douleur
et d'amour. Ces murs noircis, ces dalles
humides, ces poutres vermoulues qui nous
entouraient avaient abrité l'enfance de
Jeanne d'Arc ; c'était là que les anges
et les saints visitaient celle qui devait les
rejoindre au ciel par la voie du martyre. Là
se préparait en silence, loin des bruits de
la terre, la délivrance de la patrie. »

Quel tableau simple, émouvant, que celui-là ! Et il y en a bien d'autres aussi beaux
dans le journal ! C'est que Marie-Edmée
n'avait pas seulement l'art de peindre avec
la plume ce qu'artiste elle savait si bien
rendre avec le crayon. Elle donnait à ses
tableaux ce cachet d'élévation morale
qu'un grand écrivain seul peut leur donner.
Grand écrivain, elle l'est, quelque sujet
qu'elle traite. Cet art de bien dire est d'autant plus admirable qu'elle ne se borne pas
à parler des choses en rapport avec sa
condition et son âge. Cette jeune fille, cette

enfant aborde tous les grands problèmes qui peuvent préoccuper l'âme d'un homme, et elle en parle avec une profondeur de pensées, une force de style que l'on ne peut trop louer.

Ecoutons-la, à l'âge de quinze ans, nous dire ce que c'est à ses yeux que la mort:

« Oui, tu es le terme de toute vie, ô mort! C'est toi qui es la porte d'entrée de l'éternité ; c'est toi qui nous égalises sous le gazon du cimetière; c'est toi, justice de Dieu, toi qui frappes le génie; c'est toi qui éteins cette flamme que l'on nomme enthousiasme ou amour, toi qui fanes la beauté et brises les liens de l'amitié...

» Oui; mais n'est-ce pas aussi toi qui ouvres au juste la porte du ciel, toi qui couronnes la vie des saints et nous convies aux noces éternelles? Voilà pourquoi l'on te craint ou l'on t'espère. Voilà le secret de la terreur que tu fais éprouver à tous, et de la consolation que l'âme pure ressent à ton approche. Toi qui es pour mon âme un mystère inconpréhensible, ô mort! qui tant de fois déjà as brisé mon cœur, puisses-tu m'apporter une sentence de pardon et d'amour le jour où tu me frapperas! »

Quelle élévation de pensée! quelle poésie dans cette page!

En voici une qui me paraît plus étonnante encore. Après avoir parlé des diverses manifestations de la vie chez l'homme, Marie-Edmée ajoute : « Enfin nous vivons, *de notre âme,* dans un monde supérieur où s'arrête tout regard humain. Là, nous sommes libres; là, nous devenons saints ou impies; là, nous sommes nous, en face du seul juge infaillible; là s'entasse le grain retenu par le van de notre affection; et quand la plus simple circonstance nous fait examiner ce réduit intime, nous apprenons à nous connaître, par ce que nous y avons conservé ou apporté du dehors.

» C'est l'atelier de notre vie où se prépare dans l'ombre tout ce que le jugement dernier révélera. »

N'insistons pas sur la justesse, la beauté des pensées. Chez Marie-Edmée, c'est chose constante. Mais une autre qualité ne ne l'est pas moins, l'originalité du style. Il

est ferme, il est imagé, il est saisissant,
comme cela arrive toujours à ceux qui
pensent par eux-mêmes et n'empruntent
que d'eux la forme aussi bien que le fond.
Peut-être cette langue vigoureuse et simple ne plaira-t-elle pas à tout le monde.
Peut-être se trouvera-t-il des gens qui re-
gretteront de ne pas rencontrer chez Marie-
Edmée les expressions vaporeuses et tout
le verbiage sentimental des écrivains à la
mode. A leur guise ! Quant à nous, nous ne
saurions trop admirer un auteur dont la
diction toujours pure, souvent éloquente,
se plie à tous les sujets et, sans apprêts,
sans longueurs, énonce supérieurement
tout ce qu'elle veut dire. C'est ainsi qu'on
écrivait au temps des Sévigné, des Mainte-
non ; c'est ainsi que Marie-Edmée a écrit.

Hélas ! quelle douleur de penser que de
cette artiste, de cet écrivain si bien doué,
plus rien ici-bas ne nous reste, que son
souvenir et ses œuvres ! C'est peu, et pourtant ce sera, certes, assez pour lui assurer
une mémoire immortelle. Sans parler de
ce livre exquis où, tour à tour avec la

plume et le crayon, elle a peint et narré d'une façon si pathétique la légende de Jeanne d'Arc enfant, son journal suffirait à assurer à Marie-Edmée une place d'élite parmi les femmes auteurs que la France a produites.

Mais ce n'est pas là, nous l'avons dit tout d'abord, ce qui nous paraît le plus digne d'être loué chez elle. Non, laissons de côté son talent, oublions les qualités brillantes de l'artiste et de l'écrivain. Au moment de prendre congé d'elle, qu'il nous soit permis de le répéter : ce qui la distingue des hommes et femmes d'à présent, c'est sa grandeur morale, c'est cette force de volonté toute virile qui d'abord faillit faire d'elle une femme mécontente et malheureuse. La foi lui vint en aide. Ne pouvant devenir une héroïne, elle se contenta d'être une chrétienne, mais un type de chrétienne original, puissant à tel point que le portrait qu'elle a tracé d'elle-même attirera toujours l'attention, commandera partout le respect. Ce respect, à peine morte, elle l'obtint, et c'est sur ce trait que nous finirons.

On rapporte que le jour où, en pleine occupation prussienne, au mois de mai 1871, on fit ses funérailles à Nancy, un étranger, stupéfait de voir tant de milliers d'hommes se presser derrière ce convoi, demanda quelle était celle que l'on entourait de tant de sympathies.

— C'est, lui répondit-on, une sœur de Jeanne d'Arc !

On ne pouvait mieux dire. Fille de la Lorraine, comme Jeanne ; comme elle, éprise de l'amour de Dieu, et, comme elle, mourant toute jeune, victime de son dévouement, Marie-Edmée méritait d'être appelée la sœur de celle qu'elle a tant aimée. Elle lui ressemblait par ces trois grandes choses : la foi, la grandeur du caractère, l'amour du sacrifice. Et c'est là ce qui fait qu'il sera toujours bon de considérer cette haute physionomie qui se détache en traits si fermes sur le pâle tableau des figures d'aujourd'hui.

PAUVRE ENFANT

PAUVRE MÈRE!

Conte de Noël.

La veille de Noël, en 1840, un enfant était agenouillé au pied de la croix que l'on trouve à main droite quand, venant du village de Niederh..., on arrive sur la route qui va de Mutzig à Saint-Dié.

La soirée était splendide : c'était une de ces admirables soirées d'hiver où il semble que les cieux s'entr'ouvrent, tant on y voit briller d'étoiles. L'enfant ne les regardait pas. Seul sur la route couverte de neige, ayant devant lui les montagnes, derrière lui un torrent qui grondait, le pauvre petit, grelottant, effrayé, se tenait à demi courbé en face du divin crucifix; des larmes coulaient le long de ses joues, que mordait le vent glacial du Nord.

10

Quand il eut ainsi pleuré quelque temps, il releva la tête, étendit ses deux petits bras en forme de croix, et, avec une piété, une émotion que je ne puis rendre :

— O bon Jésus, dit-il, j'avais une maman ! vous me l'avez prise !... Et, depuis qu'elle n'est plus près de moi, il ne me reste personne qui m'aime !... Si ! il y a quelqu'un encore, quelqu'un toujours, c'est vous ! Maman me l'a répété bien des fois ; la nuit où elle mourut, elle me le disait encore ! Bon Jésus, puisque vous m'aimez, pourquoi donc me laissez-vous tant souffrir ?.. Voyez ! mon cousin m'a chassé de chez lui ! Il m'a dit d'aller chez ma vieille tante Catherine... Ah ! il est méchant, mon cousin, car il est riche, il pouvait me garder, tandis que tante Catherine est pauvre. N'importe ! bon Jésus, si c'est chez elle que vous voulez que j'aille, j'y irai. Mais j'ai oublié le chemin. Me voilà perdu !

En ce moment, on entendit le carillon joyeux des cloches. Ces doux sons, répercutés à travers les montagnes, semblaient venir de si loin que l'on eût dit une harmonie qui, du ciel, descendait sur la terre.

— Bon Jésus, dit l'enfant, c'est demain Noël ! Partout, en ce moment, les enfants ont leur arbre ; leurs mamans y ont mis en votre honneur de jolies choses. Moi, je n'ai pas d'arbre de Noël, cette année ! Bon Jésus, vous qui m'aimez, vous qui êtes si riche, ne me donnerez-vous rien ?.. Je ne demande pas beaucoup, bon Jésus ! conduisez-moi seulement chez ma vieille tante !

Tandis que l'enfant racontait d'une voix ingénue et dolente sa triste histoire au Sauveur, une voiture, lancée au grand trot, s'approchait. L'enfant, en l'entendant venir, se leva, et, incertain entre l'espoir et la crainte, il attendit sur le bord de la route que la voiture passât. Peut-être, pensait-il, y a-t-il là quelqu'un qui prendra pitié de moi.

La voiture arriva. C'était une calèche de voyage ; elle était attelée de deux chevaux vigoureux.

Avant que Louis, — ainsi se nommait l'orphelin,— eût osé s'adresser au cocher, la voiture passa, et lui, en la voyant s'éloigner, il fut pris d'une telle tristesse, d'un tel

effroi, qu'il tomba, plutôt qu'il ne s'assit,
sur les degrés de pierre, au bas de la
croix.

Tout à coup il se redressa. Le bruit que
faisait la voiture avait cessé, et pourtant
elle ne pouvait être loin : il aurait dû
l'entendre encore. Que s'était-il donc passé?
L'enfant regarda. Il vit la voiture arrêtée ;
le cocher avait de la peine à retenir ses
chevaux. — Est-il arrivé un accident ?
se demanda Louis.

Il alla pour s'en assurer. Comme il se
dirigeait de ce côté, il se trouva en face
d'un homme de cinquante ans environ.
Louis ne l'avait pas vu descendre de la voiture ni venir à lui, parce que ce monsieur
marchait dans la partie la plus obscure de
la route. Louis le regarda: l'étranger avait
une physionomie sérieuse et même sévère.

—Que fais-tu seul ici, à cette heure ?
demanda-t-il à l'enfant.

—Maman est morte, dit Louis. M. le
curé m'avait placé chez mon cousin. Il dit
qu'il a assez de ses enfants à nourrir, et moi,
il me renvoie chez ma tante.

— Et pourquoi n'y vas-tu pas?

— Je me suis perdu.

— Où demeure-t-elle, ta tante?

— A Grendelbrüch, dans la montagne, là-bas, tout là-bas.

L'étranger, tout en interrogeant Louis, s'était rapproché avec lui de la voiture. Il en ouvrit la portière; d'une main vigou-reuse, il y plaça l'enfant et vint s'asseoir à côté de lui. L'équipage reprit aussitôt sa course.

Jusqu'à Schirmek, c'est-à-dire durant une heure entière, pas un mot ne fut échangé entre l'étranger et Louis. L'enfant, blotti dans son coin, pleurait. Il avait peur.

Sans doute, cette voiture était commode; celui qui l'y avait fait monter, paraissait riche. Mais il faisait si noir! la voiture mar-chait si vite! ce monsieur avait l'air si som-bre! le silence qu'il gardait paraissait à l'enfant si plein de menace! Le pauvret, s'il l'avait osé, il aurait demandé qu'on le dé-posât sur la route.

A Schirmeck, on s'arrêta pour changer de chevaux.

— Y a-t-il longtemps que tu n'as mangé ?
demanda le maître de la voiture.

— Pas depuis ce matin.

— Pauvre petit ! dit l'étranger, en passant doucement sa main autour du cou de
l'enfant. Aussitôt il lui fit prendre une tasse
de bouillon. Cela fait, et ce fut l'affaire d'un
instant, on se remit en route.

— Connais-tu cette tante chez laquelle
on t'envoie ? dit l'étranger.

— Je ne l'ai vue qu'une fois.

— Que fait-elle ?

—Je ne le sais pas. Son mari était maçon ;
il est mort.

— Est-elle pauvre ?

— Très-pauvre. Maman disait qu'elle
était encore plus malheureuse que nous,
et pourtant nous l'étions beaucoup, surtout
depuis la mort de papa.

L'étranger redevint silencieux, et pas un
mot ne fut dit jusqu'à ce que la voiture
s'arrêtât de nouveau.

— Nous sommes arrivés ! dit l'étranger.
Un domestique aussitôt se présenta.

L'étranger descendit de la voiture, et,

suivi du domestique, il entra, sans s'occuper de l'enfant, dans une vaste maison.

La calèche alors se remit en marche,
emportant le pauvre petit, encore une fois
inquiet de son sort.

Tout en montant les degrés du perron :

— Pierre, dit le maître d'une voix sourde
et tremblante, est-ce que j'arrive trop tard ?

— Oui, Monsieur.

M. de M. (ainsi se nommait celui qui
avait recueilli Louis sur la route) était un
riche manufacturier. Huit jours aupara-
vant, il se trouvait à Vienne. Il y était venu
régler des affaires importantes. Tout à coup
une lettre, — il n'y avait pas de télégra-
phe à cette époque, — une lettre lui apprit
que son petit-fils, un enfant de sept ans,
était gravement malade. Aussitôt, M. de M.,
oubliant tout le reste, reprit en toute hâte
le chemin de sa demeure. Mais alors, de
même que les télégraphes électriques
étaient inconnus, les chemins de fer n'exis-
taient pas. M. de M. eut beau semer l'argent
à pleines mains, il n'arriva pas aussi vite
qu'il l'aurait voulu.

Croyait-il donc que, lui présent, son petit Fernand ne mourrait pas? Non, M. de M. savait que Dieu seul est le maître de la mort et de la vie. C'était un homme de grande foi. Aussi, quel que fût l'arrêt de la Providence, il s'y soumettrait d'avance; mais il avait le plus vif désir d'être là, si l'enfant mourait. C'est que cet enfant dont la vie était en danger, c'était le fils unique de sa fille, Mme de H. Cette fille, tendrement aimée, était veuve depuis deux ans; et l'enfant, frêle, maladif comme elle, qu'elle tremblait de perdre, c'était, son mari mort, sa consolation la plus chère.

Cependant M. de M. avait trouvé sa femme dans l'antichambre.

— Et Mathilde? demanda-t-il.

Mme de M. poussa un profond soupir.

— Si Dieu ne nous vient en aide, elle ne survivra pas à ce chagrin, dit-elle.

M. de M. et sa femme montèrent, sans mot dire, à la chambre de leur fille.

Le père entra, chancelant, les yeux pleins de larmes.

A la lumière d'une lampe qui jetait sur

toutes choses une lueur douce et triste,
M. de M. aperçut la pauvre mère, assise
près de la cheminée, plus pâle que jamais.
On eût dit qu'elle aussi n'était plus de ce
monde. Elle le regarda avec une expression
de douleur que je ne puis rendre, lui
tendit la main, et, tournant la tête vers une
chambre dont la porte était entr'ouverte :

— Il n'est plus là ! murmura-t-elle, et
elle fondit en larmes.

— Il est au ciel ! dit M. de M. Il est bien
heureux. C'est toi, mon enfant, qu'il faut
plaindre.

— Espérons que je le rejoindrai bientôt.

— Et nous, Mathilde, dit M. de M., tu
veux donc, nous aussi, nous laisser seuls?

— Je suis trop malheureuse ! s'écria la
jeune femme, éclatant en sanglots. Dieu
m'enlève tout ! plus de mari ! plus de fils !
Quelle veillée de Noël que celle-ci !

— Songe au Sauveur dans sa crèche ! Il
a souffert, lui aussi ! Songe à ceux qui
souffrent comme toi !

— Personne ne souffre autant que moi !

— Mathilde, la douleur t'égare !

— Peut-être ! mais, songez–y ! c'était tout pour moi que cet enfant ! Jour et nuit je pensais à lui... je vivais pour lui ! Lui disparu, que me reste-t-il ?

— Dieu, le souvenir de ton fils et nous !

M. de M. se tut. Longtemps il resta silencieux. Ses traits enfin se rassérénèrent.

— Mathilde, dit-il, j'ai vu ce soir quelqu'un qui, toute désolée que tu es, si tu l'avais rencontré comme moi, t'aurait fait pitié.

— Qui donc ?

— Un enfant.

La jeune femme devint attentive. M. de M. continua :

— Tu n'as plus de fils, lui n'a plus de mère. Le voilà seul au monde, et il n'a pas dix ans ! Quand je le vis, le pauvre petit, il était à genoux auprès d'une croix, sur une route déserte, gelé, mourant de faim.

— Et maintenant, où est-il ?

— Je ne sais. — M. de M. pouvait répondre ainsi sans mentir : tout occupé de sa douleur, il ne s'était plus inquiété de Louis.

— Quoi ! mon père, vous l'avez laissé seul, sur cette route, par ce temps froid !

M. de M. connaissait sa fille. Il savait qu'au fond de ce cœur, il y avait des trésors d'affection et que, pour la consoler, rien ne vaudrait une affection nouvelle... si elle l'acceptait !

— Il est ici, dit-il.

Mme de L. tressaillit.

— Ah ! ne me le montrez pas. Sa vue me donnerait des regrets trop amers. Eh ! que me font, à moi, les enfants des autres ? J'en avais un, je l'ai perdu !

Mathilde était mère, Mathilde était femme, c'est-à-dire faible : elle en voulait à cet enfant de ce qu'il vivait, tandis que le sien était mort. Quoique résignée au coup dont la Providence la frappait, elle frémissait à l'idée de répondre à l'épreuve par un acte de charité.

La nature, cette nature égoïste, orgueilleuse, que nous avons tous en nous, la portait donc à écarter l'enfant malheureux. Mais Mathilde était bonne, — cela n'eût pas suffi, surtout en ce premier instant, — elle était pieuse.

Peu à peu, les voix mauvaises se turent dans son cœur; elle demanda des détails nouveaux sur l'enfant. Quand elle sut tout :

— Amenez-le ! dit-elle, non sans effort.

M. de M. alla aussitôt chercher Louis, et il le présenta, tel qu'il était, sous ses vêtements humides, en mauvais état, à sa fille.

Quand Mathilde le vit debout, tremblant devant elle, avec son air ingénu, ses yeux timides et doux, ses joues roses, où le froid et les larmes avaient laissé leurs traces, elle comprit ce qu'il avait souffert, et elle pleura, non plus seulement sur sa propre douleur, mais sur celle de l'enfant.

M. de M. regarda doucement sa femme : Notre fille est sauvée ! semblait-il lui dire.

Oui, elle l'était ! sauvée par la charité qui allait attirer sur elle la bénédiction divine et transformer sa douleur, hélas ! égoïste, orgueilleuse, en une douleur humble, résignée, compatissante.

Ai-je besoin d'ajouter le reste ? vous le devinez. L'orphelin eut bientôt une seconde mère, et Mme de L., sans oublier son fils, supporta vaillamment une douleur qui, si elle ne se fût consolée par cette bonne action, l'aurait tuée peut-être. Il me reste à ajouter que Louis se montra digne du bien qu'on lui faisait : Mme de L. n'aurait pas trouvé dans son propre fils une affection plus tendre. Enfin, — ceci ne gâte rien, — on reconnut que, pour l'intelligence, Louis était un enfant hors ligne.

C'est aujourd'hui un homme dont sa mère adoptive, dans le ciel, doit être fière. En l'élevant, elle a donné à la France un de ces nobles cœurs qui, Dieu aidant, la sauveront, c'est notre espoir.

TABLE DES MATIÈRES